© 2022, Ralf T. Franzen
Herstellung und Verlag:
BoD – Books on Demand, Norderstedt
ISBN: 9783756202683

Thanks

Ich bedanke mich bei
Meinert, Nicki, Igor, Inken, Conny, Angiebaby,
meiner Frau und all den anderen, ohne die das
alles gar nicht möglich gewesen wäre.

Lektorat: Kerstin Ingwersen

Covergestaltung: The Incredible Lusmore

Contact: ralftfranzen.de

„Rattenschwanz"

Ein Kriminalroman.

Schuld

Zuerst wurde es dunkel und dann schlagartig hell. Und Bobby bot sich folgendes Bild: Ungefähr ein Dutzend Hühnerpaare machten auf der Tanzfläche alles außer reinstecken.

Woher kannte Bobby diesen Satz? Er kam nicht drauf, aber ziemlich genau das spielte sich gerade vor seinen Augen ab. Der schmalzgelockte DJ mit den langen Koteletten hatte eine langsame Nummer angekündigt und durchgezogen, und das, was Bobby jetzt beobachten konnte, war das Resultat. Wie war er nur auf diese Schnapsidee gekommen? Schnaps passte, und *er* war gar nicht auf diese blöde Idee gekommen, sondern Arne.

Bobby lehnte an der Bar und tickte mit einem Fingernagel nervös gegen das Bierglas. Alle Frauen trugen Glitzer und enge Miniröcke und stellten ihre Fleischauslagen mehr oder weniger deutlich zur Schau; die Herren der Schöpfung waren meist in Karottenjeans und bunten Hemden gewandet, Fragmente der späten Achtziger. Nicht ein einziger Rollkragenpullover!

Arne drückte seinen kleinen, wuchtigen Körper durch den Paillettendschungel; natürlich nicht, ohne sich immer wieder um zu drehen.

„Ist doch toll hier!" schrie er gegen einen ABBA-Song an.

„Jede Menge Weiber! Und fast alle im gleichen Kompostzustand wie du! Resteficken! Ich gebe zu – mich findste erst in so nem Laden, wenn ich nur

5

noch Schuhe mit Klettverschluss trage, aber immerhin!"

Das sollte wohl witzig sein, Bobby verzog nur den ohnehin schiefen Mund. Arne war nicht zu bremsen.

„Mann, Alter, du musst doch mal raus! Wie lange willst du denn noch in deiner eigenen Pelle versauern! Du kannst der Scheiße nicht ewig nachhängen, es muss auch mal Schluss sein!"

Die Scheiße.

Bobby nannte es anders, aber die Scheiße ginge natürlich auch. Die Gegenwart von Frauen war jetzt gerade so ziemlich das Letzte, was er brauchte, aber Arne, der gute, laute, launige Arne hatte gemeint, er müsse Bobby heilen, mit einer Art Schocktherapie. Für Arne gestaltete sich das ganz einfach: So wie man jemanden, der an einer Schlangenphobie leidet, gaaaanz einfach mal 24 Stunden in einen Käfig mit 200 Klapperschlangen einsperrt.

„Konfrontation, Alter, Konfrontation! Das ist das Zauberwort! Annika und ich haben lange darüber gesprochen. Sie hat ´ne Freundin aus einem Selbsthilfekurs für - hab´ ich vergessen – Dings, und die sagt, nur eine Schocktherapie ist wirksam! Du stellst dich deinem Problem, und wenn du, sinnbildlich natürlich, inmitten der Schlangen hockst, setzt sich deine Psyche automatisch, au-to-ma-tisch damit auseinander! Zack!"

Was für eine Idee! Und Bobby sollte jetzt auf den

Rat einer guten Freundin seiner Schwester hören, nur, weil sie diese aus ihrer Menstruationsgruppe kannte? Was für eine überzeugende Referenz! Bobby hatte gequält mit dem Kopf geschüttelt. „Irgendwas hast du nicht verstanden. Frauen sind doch nicht mein Problem! Das Problem ist, dass ich, also damals…"

Er konnte es einfach nicht aussprechen.

Die Worte, die er sagen wollte, weigerten sich, von seinem Mund geformt zu werden. Sie waren so belanglos und wurden der Situation nicht gerecht. Aber laberrhabarber hatte Bobby dann doch zugesagt, damit Arne endlich Ruhe gäbe und das Maul hielte. Und seine Schwester. Er hatte sich in den letzten Jahren genug angehört, und das müsse man auch irgendwie mal würdigen, so sein Gedanke. Bobby verdächtigte Arne außerdem, dass er nicht ganz uneigennützig ausgerechnet *diese* Therapie und *diese* Location ausgewählt und schließlich durchgesetzt hatte. Außerdem konnte sich Arne zusätzlich die vage Zusage der Gattin erarbeiten, dass es vielleicht nicht bei einem Disco-Besuch bleiben würde, ja, „Du weißt doch, Bobby ist wie ein trockener Keks gewissermaßen!" und unter Umständen die Möglichkeit bestand, dass Bobby mehr als eine Quasi-Sitzung brauchen würde. Mit dem Keksvergleich hatte er Annika eiskalt erwischt. Und so kam er mal ganz offiziell und sogar mit vehementer Zustimmung seiner Frau in diesen zweifelhaften Genuss. Jetzt saßen sie hier mit den anderen bunten Hemden an der Theke, tranken viel zu teure Getränke und begutachteten seltsame Geschöpfe im Paarungsritus. Bobby hatte erst im letzten Augenblick erfahren, dass es sich um eine Ü-Fünfzig-Party handelte.

„Lass uns los! Das bringt doch nichts!"

Aber Arne hatte tapfer dafür gekämpft, so einfach würde er die Arena nicht verlassen.

„Du musst doch erst einmal *hinschauen*! Tolle Frauen! Und endlich mal was, wofür du fast zu jung bist!"

„Du hast einfach kein Wort verstanden, kein Wort!"

Bobby spannte seinen Körper, löste sich vom Tresen und suchte den Weg nach draußen. Er stellte sich weit weg von den anderen Rauchern und zündete sich eine Zigarette an. Arne blieb dicht hinter ihm.

„Du kannst das nicht hier so einfach platzen lassen, wir machen uns so langsam Sorgen um dich!"

„Ihr braucht euch keine Sorgen zu machen, ich komme schon klar."

„Du kommst gar nicht klar! Du kommst seit fast vier Jahren nicht klar!"

„Vier Jahre, vier Monate und zwölf Tage."

Arne wies mit dem Zeigefinger auf Bobby´s Brust.

„Das, genau das meine ich! Wer zählt denn schon so die Zeit?! Du hast alle Termine bei deinem

Psychodoc abgesagt, alle!"

Bobby wand sich.

„Ihr habt einfach die Problematik nicht
verstanden, es geht nicht um Frauen! Ich kann nur
ihren Anblick nicht mehr ertragen, ich kann einer
Frau nicht mehr ins Gesicht sehen. Ich hab das
Leben verraten!"

Bobby vergrub sein Gesicht in den Händen und
machte komische Geräusche. Einige Raucher
glotzen schon. Arne verscheuchte sie.

„Hier weint ein Mann, na und? Auch ein Mann
kann weinen! Verpisst euch!"

Ach, Arne!

„Ich will nach Hause."

Aber Arne hatte einen Plan, der nicht so edel war,
wie einst vorgegeben.

„Okay, pass auf, wir machen das jetzt so: Ich bring
dich nach Hause und mach mich nochmal auf die
Piste. Und ruf Annika nicht an !" Er dachte einen
Augenblick nach, „Ja, und geh auch nicht ans
Telefon, wenn sie anruft, okay?"

Damit war Bobby raus. Arne rannte zurück in den
Glitzerschuppen, um seine Jacke von der
Garderobe zu holen. Bobby blieb wartend zurück.

Windjacken

Die gemeine Windjacke ist leicht zu identifizieren: Sie sieht einfach grauenvoll aus. Nicht so, dass alles Grauenvolle, das man sieht, immer eine Windjacke wäre, aber doch vielleicht. Dieses Überbleibsel einer verwirrenden Phase der siebziger Jahre tritt in seinem unvergleichlichen Polyamid-Charme fast nur in den Farbkombinationen beige/ grau oder grau/beige auf. Am leichtesten ist die Windjacke jedoch über den jeweiligen Träger zu identifizieren: Der sich für sportlich haltende Mittfünfziger bis ins hohe Alter.

Arne war mit fünfunddreißig Jahren eigentlich zu jung für dieses Kleidungsstück und besaß zwei Exemplare: eines in grau/beige und ein zweites in beige/grau. Er sah damit irgendwie billig aus. Für den Rest seiner knapp 1 qm schweren Statur erschien er eigentlich wie ein modisch halbwegs gefühlvoller Charakter, der wegen seiner des Genusses geschuldeten Gewichtszunahme lediglich ein *paar* Kompromisse eingehen musste. Aber er liebte diese Jacken, die er in unregelmäßigen Abständen vor der Altkleiderwut seiner Frau versteckte. Immer dann, wenn ein Flyer zu diesem Thema in der Schlüsselschale im Flur lag, versteckte Arne eine dieser Jacken in einer Plastiktüte unter dem Reserverad im Kofferraum seines Autos. Und seit Annika ihre Hilfsbereitschaft grundsätzlich als neue Lebensaufgabe entdeckt hatte, wurde es zu Arnes Aufgabe, die Jacken zu retten.

Und in einer dieser Jacken stand Arne vor Bobbys Wohnungstür und klopfte das abgemachte Zeichen. Trotzdem öffnete Bobby die Tür nur einen Spalt und hatte die Sicherheitskette vorgelegt.

„Iesche brrringe Piezza!" tönte Arne.

Bobby schloss die Tür, hakte hörbar die Kette aus und öffnete sie erst nach einer beunruhigend langen Minute wieder. Arne lief ihm hinterher in die dunkle Wohnung.

„Mensch, Alter, lass hier doch mal eine Runde Licht rein!"

Mit diesen Worten riss Arne die Vorhänge zweier Fenster auf. Bobby wandte sich ab und schützte seine Augen mit den Handflächen.

„Ich will das so!"

„Du spinnst!" Arne sah sich um. „Ich war ja länger nicht hier drin, aber ich muss sagen, seitdem hat sich hier überhaupt nichts verändert. Nee, stimmt nicht, es liegen viel mehr Spinnenleichen auf der Fensterbank. Das ist hier so tot wie Elvis!"

Er wies auf die kahlen Wände.

„Ich wette, bei dir überlebt nicht mal ein Kaktus. Hast

du was zu trinken da?"

Ohne eine Antwort abzuwarten, dackelte er in die Küche. Im Kühlschrank fand Arne eine einsame Dose Bier, die er von ihrem Leid erlöste. Er öffnete eine Schublade.

„Alter, ich hab´ so was noch nie gesehen! Alle Messer und Gabeln in einer Reihe? Nebeneinander? Meinst du das ernst?"

Er schaute in einem Hängeschrank nach. Wie einzelne, auf Abruf wartende Soldaten standen Whiskygläser, Wassergläser und Weiß-der-Kuckuck-Gläser stumm in einer exakten Reihe, als hätten sie gerade noch miteinander getuschelt.

„Bring die Untersetzer mit!" rief Bobby aus dem Wohnzimmer.

„Und wie du aussiehst! Ne Dusche und eine Rasur wären vielleicht mal angebracht. Ich sage es nicht gern, aber du stinkst etwas säuerlich, es piekst schon in den Augen. Aber zum Punkt: Wir müssen reden."

Bobby hob die Arme und ließ sie kraftlos auf seine Schenkel fallen.

„Was willst du von mir? Lasst mich doch einfach in Ruhe."

Aber Arne hatte einen Auftrag.

„Das sehen meine Frau und deine Schwester leider völlig anders, mein lieber Schwager! Und du weißt, wie sie ist."

„Wo sind die Untersetzer?"

Arne wedelte mit den Armen.

„Genau, genau das meine ich! Wer bitte braucht einen Untersetzer für ´ne Dose Bier?"

„Das ist ein Glastisch."

„Und deine Küchenschublade! Wer macht sowas?"

„Ich bin eben ein ordentlicher Mensch."

„Nein, mein Lieber, das ist eindeutig zu viel. Und damit bin ich genau beim Punkt. Deine Schwester will, dass du mal endlich diesen Therapeuten besuchst und dein Leben in beide Hände nimmst."

Bobby öffnete versuchsweise den Mund, Arne fiel ihm punktgenau ins Wort.

„Und sag jetzt nicht, ich will das so, lasst mich, und den ganzen Scheiß! Damit kann ich nicht nach Hause kommen, du kennst deine Schwester!"

Ja, Bobby kannte seine Schwester.

Sie hatte ihn überraschend lange in Ruhe gelassen.

„Zeit, so etwas braucht Zeit." hatte sie damals gesagt. Jetzt war die Zeit offenbar abgelaufen.

„Das bringt doch nichts! Ich war schon einmal bei diesem komischen Psychologen. Bei ihm hatte ich das Gefühl, der kompensiert seine eigenen Probleme durch mich!"

Arne verstand nicht. Aber das war jetzt auch für ihn

nicht relevant. Er fuchtelte mit einer Hand in der Luft herum.

„Olle Kamellen. Deine Schwester hat mir eine Adresse mitgegeben, eine ganz frische Praxis, die sollen richtig gut sein."

Bobby fragte sich, woran man einen guten Psychologen erkennt. An den Heilungsraten? Hoffentlich!

Er kaute auf etwas herum. Zögerlich bildete Bobby die passenden Worte.

„Was ich dich schon immer fragen wollte: Wie kommst du damit klar? Ich hab dich das nie gefragt, die ganzen Jahre nicht."

Arne stutzte, lehnte sich zurück und verschränkte die Arme vor der Brust.

„Es gibt Dinge, über die sollte man einfach schweigen. Außerdem: Was soll sein? Was bringt das? Wir waren damals beide sturzbesoffen, und die Frau war einfach zur falschen Zeit am falschen Ort."

Er setzte nach.

„Und - auch, wenn du das nicht gerne hörst: Ich bin ja nicht gefahren."

Er ließ eine kurze Pause entstehen, und das Gift wirkte bei Bobby sofort. Dann folgte so eine Art Gegengift.

„Ich sehe das als Kismet. Klar, wir hätten nie und

nimmer ins Auto steigen sollen, aber ich war genau so betrunken wie du. Und zum Glück erinnere ich mich einfach nicht an den ganzen Scheiß. Ich weiß nur noch, wie wir aus der Kneipe sind und zack – wach ich im Krankenhaus wieder auf. Der totale Filmriss. Retrograde Amnesie nennt das mein Hausarzt. Aber okay, ist vielleicht auch gut so, ich kann nichts weiter dazu sagen. Und ich denke auch nicht darüber nach."

Er beugte sich nach vorn.

„Bobby, mein Junge, es gibt nichts zu tun. Katrin ist tot und begraben. Tragisch? Ja! Unvermeidbar? Unbedingt! Sonst wäre es ja nicht passiert! Aber es ist eben passiert."

Bobby wunderte sich, dass Arne ihren Namen behalten hatte. Er selbst hatte ihn immer gemieden, sogar in seinen Gedanken war es immer „die junge Frau". Nicht Katrin, nicht Katrin Behrends.

„Bobby, überleg doch mal: Klar war das blöd, mit so viel intus noch Auto zu fahren, keine Frage! Deswegen ist das ja auch verboten!"

Er grinste unpassend dazu.

„Aber das ist es doch! Wie konnte ich das tun? Ich hab doch sonst nicht gesoffen? Und schon gar nicht so!"

Arne seufzte. Der Beschwichtiger, exakt seine Rolle.

„Du hattest eine schwere Zeit damals! Sag mal, erinnerst du dich nicht, wie ich dich gefunden habe? In Embryonalstellung auf dem Fußboden, eingeschlossen im Bad! Tanja, die blöde Kuh! Und nein, ich sag jetzt nicht, ich hab es dir gleich gesagt. Fakt ist: ich *hab* es dir gleich gesagt!"

Bobby schwieg. Auch das bereits gehört, tausend, dreitausend Mal? Eine abgelutschte Schelllackplatte mit durchgenudelter Nadel, die laufend aus der Rille springt.

„Also …" Arne wollte los. „Fassen wir mal zusammen: Was darf ich deiner Schwester berichten?"

Bobby wollte nicht, aber es war ihm auch klar, dass das nie aufhören würde, er musste wohl einmal etwas guten Willen zeigen. Und Annika hatte sich sehr zurückgehalten. Das schien jetzt vorbei zu sein. Und als ob das nicht genug sei, haute Arne noch einen raus.

„Und Jürgen und Ute haben sich beschwert. Du könntest dich auch mal wieder bei ihnen melden." Das war der Tropfen, der das Fass zum Überlaufen brachte. Bobby kam aus dem Sessel hoch.

„Die? Wo waren sie denn, als ich sie gebraucht hätte? Wo waren sie denn, als ihr Mördersohn im Knast war?"

Arne spürte, hier war Ende, er wollte es nicht auf die

Spitze treiben. Ein Teilerfolg, immerhin.

„Schalt runter, mein Junge! Ich bin doch nur der Überbringer und hier ist nicht Marathon! Ganz nebenbei – für deinen PC brauche ich noch ein bisschen, ich muss eine neue Festplatte einbauen, da werden wohl ein paar Daten flöten gehen. Deine Kiste ist so alt wie Äsops Tante, die läuft doch noch mit Holzzahnrädern! Willst du nicht mal was Neues?" Aber Bobby hörte nicht mehr zu, er überlegte, was von Arne übrigbleiben würde, wenn man ihm die ganzen blöden Sprüche nehmen würde.

Wohl nichts, außer der Windjacke.

Frau Doktor

Eine Stunde vor diesem grauenhaften Termin lungerte Bobby unten auf der Straße herum. Er versuchte , an einer schmuddeligen Imbissbude einen Kaffee zu kaufen, aber das war restlos schiefgelaufen. Er schaffte es nicht, die Schwelle zur Gesäßtasche seiner Hose zu überschreiten, er blieb jedes Mal, jedes Mal am Knopf hängen wie Flüchtlinge an der nordkoreanischen Grenze. Weiter kam er nicht, jedes Mal zog er seine Hand wieder zurück. So rauchte er sich ersatzweise innerhalb dieser einen Stunde einen röhrenden Husten an.

Bobby hatte gar nichts erwartet.

In seinem Tran stand er einfach irgendwann vor der glatten Tür der Praxis, eine Tafel verkündete „Dr. Renee van der Buur". Bobby drückte auf die Klingel und wartete Ewigkeiten auf den Summer, der ihn dann erbarmungslos erlöste. Völlig in seiner Welt gefangen, gab es kaum Platz für Erwartungen, aber ein Fünkchen Hoffnung war geblieben, dass eine psychologische Praxis irgendwie wärmer, irgendwie kuschliger eingerichtet sein müsste, als die eines Proktologen. Ein Zimmer voller Stofftiere vielleicht, eine matratzengefütterte Zelle oder ein Bällebad, irgendetwas, irgendetwas, in das Verzweifelte ihr von Tränen überströmtes Gesicht abtauchen und hineinschluchzen konnten. Davon war hier nichts zu sehen: Hätte ein mondäner Innenarchitekt mit Andy-Warhol-Perücke das Elefantenhaus von Hagenbeck dekoriert, sähe es sicherlich genauso aus. Alles war in Weiß und Pastelltönen gehalten, gelackte, klinisch wirkende Oberflächen, deckenhoch gekachelt. Hier zersäbelte man eher Fleisch und Knochen, keine Seelen.

Bobby hatte sich als einzigen Wunsch an das Universum eine verständnisvolle, reife Dame mit mütterlichen Brüsten am Tresen erhofft, aber er wurde enttäuscht. Was sonst, dachte er, heute. Die

Dame am Empfang war eine hübsche, junge Frau, die Arne sicherlich gerne gevögelt hätte. Bobby stellte sich vor, wie ihn diese Frau dem Herrn Psychologen kaugummikauend mit „Der Irre mit dem Autounfall ist da!" ankündigte. Frau Sommer, wie ihr Namensschild verriet, konnte Bobbys Zweifel auch nicht mit überraschend ruhiger Professionalität zerstreuen. Dafür kam sie gut viereinhalb Jahre zu spät. Er ließ ihr keine Chance.

„Termin!" murmelte er zwischen den Lippen hervor und schob ein Rezept und seine Karte über den Marmor.

„Ah, Herr Sörensen, wenn sie einen Augenblick Platz nehmen wollen. Wenn Sie bitte noch diesen Fragebogen ausfüllen würden?"

Mit diesen Worten komplimentierte sie ihn in den Wartebereich und ihre entschuldigenden Augenbrauen schafften es kaum, Bobby herauszureißen. Bobby setzte sich in das offensichtliche Wartezimmer und starrte lustlos auf die Zettel und den Kugelschreiber auf seinen Knien. Name, Vorname, Geburtsdatum. Stand das nicht alles auf dieser Gesundheitskarte? Bobby schrieb nur seinen Vornamen in den Bogen.

„Nehmen sie Medikamente? Wenn ja, welche?" kreuzte er auch nicht an und schrieb auch nichts dazu. Er könnte ja jetzt noch gehen, dachte er, kein Problem. Der Flur war leer, er schien der einzige Patient zu sein. Am Tresen vorbei, er könnte sich ducken, und dann zur Eingangstür. Die Entscheidung wurde ihm abgenommen.

„Wenn Sie mir bitte folgen wollen!"

Er schlurfte der jungen Dame hinterher, diese öffnete eine Tür, sie sagte „Herr Sörensen" und verpflichtete Bobby mit einer gepflegten Hand hinein. In der Manteltasche tickte er zweimal hintereinander gegen sein Feuerzeug.

„Nehmen Sie doch Platz, Herr Sörensen."

Okay, Dr. Renee van der Buur war eine Frau. Renee, ja, klar. Bobby behielt seinen Mantel an und setzte sich auf ein Designerstück. Frau Doktor war landläufig attraktiv und strahlte eine Art Gurkenfrische aus.

„Schön, dass Sie da sind!"

Sie strahlte ihn unverbindlich an. Sie lüpfte ihren Hintern kurz aus dem Schreibtischsessel und langte herüber, um ihm die Hand zu schütteln. Wiederwillig willigte Bobby in dieses Ritual ein. Frau Doktor warf einen belanglosen Blick auf den kaum ausgefüllten Zettel, der zusammen mit Bobby den Raum betreten hatte.

„Wie geht es Ihnen, Herr Sörensen? Oder darf ich

Robert sagen?"

Robert - das hatte Bobby lange nicht gehört. Robert, hieß er wirklich so?

„Nein."

„Wie geht es Ihnen? Ich habe gelesen, die Sache ist bereits mehr als vier Jahre her."

Und was wollte sie ihm jetzt damit sagen?

Aber Frau Doktor war ein Profi, sie war geduldig und hatte sich sicherlich den Nachmittag für ihn freigehalten. Sie beugte sich nach vorn.

„Es ist gut, dass Sie jetzt da sind. Es ist nie zu spät." Sie streckte eine Hand aus, um Bobby höchstwahrscheinlich zu berühren, dann zuckten ihre Finger und sie zog das Angebot kurzfristig zurück.

„Sie sind eine Frau."

Frau Doktor runzelte schelmisch die Stirn.

„Ja? Das ist mir bekannt. Und was wollen Sie damit sagen?"

„Ich will lieber mit einem Mann reden."

Frau Doktor lehnte sich zurück.

„Sie waren ja schon einmal bei einem Kollegen von mir, dem Herrn Doktor Schröder, insofern kenne ich Ihren Fall. Und ich halte es für sinnvoll – und Teil einer Therapie – dass sie gerade deswegen mit einer Frau konfrontiert werden sollten."

Völlig unpassend dazu grinste sie ihn frech an. Vor

21

zehn Jahren wäre das unter „neckisch" gelaufen, dachte Bobby, dein Moment ist vorbei.

„Was ich nicht verstehe: Wieso geht es hier um eine Frau? Ich dachte, es ginge ganz einfach - so schrecklich diese Ereignisse auch waren - um einen verstorbenen Menschen?"

„Ich kann keiner Frau mehr in die Augen sehen. Ich habe eine von Ihnen getötet. Aber ich erinnere mich kaum!" brach es aus ihm heraus.

Frau Doktor reichte Bobby ein Papiertaschentuch, das Bobby ablehnte.

„Ja, aber so funktioniert das Leben nicht, Herr Sörensen! Gewesen ist gewesen!"

„Was wissen Sie denn schon!" platzte Bobby heraus.

„Sie haben ja keinen Menschen getötet! Und sie war schwanger"

Dann fiel er wie eine Marionette, deren Schnüre man zerschnitten hatte, in sich zusammen. Frau Doktor betrachtete ihn, stand dann auf und deutete eine vage, berührungslose Geste an.

„Beruhigen Sie sich, ich habe hier was für Sie."

Sie zog ein orangenes Fläschchen hervor und schüttelte eine Pille heraus.

„Warten Sie, ich gebe Ihnen ein Glas Wasser."

Bobby starrte auf die kleine, rote Tablette in seiner Hand. Das sollte die Lösung sein? Als hätte Frau

Doktor seine Gedanken gelesen sagte sie: „Das ist nicht die Lösung, aber die hier hilft Ihnen erst einmal, ein wenig ruhiger zu werden."

Bobby schluckte brav die Pille und spülte sie herunter. Es war doch alles egal. Oder?

„Ich weiß natürlich, dass das Unfallopfer schwanger war. Ich sehe bei Ihnen eine irrationale Verknüpfung. Sie stellen eine logische Kette her, die gar nicht logisch ist."

Bobby schwieg und Frau Doktor grinste.

„Schön, dass Sie fragen! Es ist ganz einfach: Alle Daumen sind Finger, aber nicht alle Finger sind Daumen."

Bobby verstand kein Wort.

„Frau, schwangere Frau – es ist ein Mensch gestorben, Sie sollten sich der Menschheit gegenüber schuldig fühlen, nicht allen Frauen. Das ist ja fast schon diskriminierend."

Sie zwinkerte und drohte schelmisch mit dem Zeigefinger.

Bobby verstand immer noch nicht, aber es war ihm auch beinahe egal. Außerdem empfand er dieses Grinsen als despektierlich. Er hatte eine Frau getötet und sie hier machte blöde Genderwitze. Es war ein Fehler gewesen, hierher zu kommen, ganz klar. Frau Doktor kramte in einer Akte.

„Sie haben im Gefängnis gesessen."

Das klang für Bobby nicht nach einer Frage.

„Aber nur ein Jahr, dann kam die Überweisung in die geschlossene Psychiatrie. Sie haben versucht, sich umzubringen?"

Bobby sagte nichts. Stand doch alles in den Akten. Frau Doktor überging das.

„Bettlaken an den Gitterstäben, Anfängerfehler."

Nahm sie das alles nicht so ernst? Was war das hier? Versteckte Kamera?

„Wie war das für Sie?"

Was für eine blöde Frage! Frau Doktor besserte nach.

„Im Gefängnis?"

„Scheiße!"

Frau Doktor lachte. Für eine Psychologin lachte sie Bobby ein bisschen zu viel. Und an den falschen Stellen.

Knast. Das Erste, was Bobby einfiel – im Knast war immer alles so glatt! Laufend war irgendeiner auf dem Flur, der wortlos die Böden wischte, nass, trocken, dann wieder nass und wieder trocken. Das Muster auf dem PVC-Boden war nicht mehr erkennbar gewesen, einfach weggeputzt. Wie sein Leben. Nicht ein Krümel von irgendetwas lag herum. Selbst der Innenhof war permanent gefegt und gewischt. Bobby hatte nach den Jahren vollends verlernt, die Füße zu heben, und war am ersten Tag seiner Freiheit dauernd auf die Nase gefallen, weil ein unberechenbarer Kieselstein hinterhältig auf dem Bürgersteig lauerte.

„Glatt."

Nach dieser Antwort schien Frau Doktor die Nase voll zu haben.

„Ich sehe hier gerade, dass Ihnen ja gar nichts verschrieben wurde. Jaja, der Herr Doktor Schröder hatte es mehr mit Gesprächen. Ich sehe das etwas anders. Wofür sind Medikamente denn da? Ich schreib Ihnen mal was auf."

Sie tippte etwas auf ihrer Tastatur herum.

„Ja, was geben wir denn da? Ah, ja! Ich habe hier ein ganz neues Präparat, wunderbar leicht und mit wenigen Nebenwirkungen. Sie sollten aber auf keinen Fall mehr als zwei Stück pro Tag nehmen."

Damit war die Audienz beendet.

Bobby musste das Rezept am Tresen abholen und in der Apotheke schwor er, dass ihn der Apotheker mitleidig anschaute. Er erkundigte sich mit kritischem Blick bei Bobby, ob der mit den Einnahmeempfehlungen vertraut sei und Bobby musste seinen Perso vorzeigen.

Testikel

Für Arne gab es im Grunde genommen nur Männer und Frauen, mehr nicht. Kinder waren in seinen Augen lediglich Erwachsene, die nur noch nicht fertig waren, und Männer interessierten ihn nicht. Ja, es gab Kumpel, Arbeitskollegen und seinen Schwager, aber sein Hauptaugenmerk galt der Damenwelt. Immer und überall.

Wenn ihm ein strafrechtlich einwandfreies, reifes Weibchen beispielsweise auf der Straße entgegenkam, gab es nur eine einzige Frage, die ihn beschäftigte: Kannste vögeln, kannste nicht vögeln?

Danach kam erst alles andere und bevor diese für ihn existentielle Frage nicht geklärt war, konnte er sich auf keinen einzigen anderen Aspekt seines Gegenübers konzentrieren. Allerdings war dieser Vorgang, der den Namen Denkvorgang kaum verdiente, schnell abgehakt; das Ganze dauerte höchstens zwei Sekunden. Ein Blick auf die Körpermitte, ein Blick auf die Brüste und die Sache war entschieden. Gesichter, ein Lächeln/kein Lächeln, schiefe Zähne, krumme Beine oder starkes Übergewicht, spielten überhaupt keine Rolle. Bei älteren Exemplaren des weiblichen Geschlechts rauschte allerhöchstens ein „Die ist ja noch gut" durch seine chronisch unterversorgte Großhirnrinde, in etwa so, wie man im Kühlschrank eine Schüssel etwas zweifelhaftes Rührei beurteilt. Nun war es nicht so, dass Arne gleich sofort und auf der Stelle jede Frau besprang, aber er war nah dran und hatte wegen seiner blöden Anquatscherei in einem Supermarkt und einer Drogerie Hausverbot. Dabei war er doch nur der einen oder anderen Dame durch die Gänge gefolgt, um ihr mitzuteilen, wie schön sie sei. Ja, okay, gut zwei Dutzend Mal, bis sich ein paar in seinen Augen blöde Tussen an der Kasse über ihn beschwert hatten.

Arne verstand das nicht.

Er, Arne Herzberg, war doch bloß ein großer Freund der Frauen, ja vielleicht sogar der größte Verehrer, der zumindest in *dieser* Stadt herumlief! Glücklicherweise war es nie zu einer Anzeige gekommen, Annika hätte ihn auch in der Luft in kleine, handliche Stücke zerrissen.

Das Ganze gestaltete sich in der Praxis wie folgt: Arne entdeckte eine Frau mit genau dem Hinterteil, den er für sein Idealbild hielt, wobei er sehr flexibel war. Er verfolgte dann diese Frau so unauffällig wie möglich, lief den gesamten Parcours von Hygieneartikeln und Tierfutterdosen und Müllsäcken hinter ihr her und stellte sie dann gewissermaßen wie Rotwild auf der Lichtung direkt im Süßigkeitenregal. Und wenn niemand oder zumindest kaum jemand in der Nähe war, brachte er diesen Spruch.

„Gnädige Frau …" - schon scheiße - „- ich will Ihnen ja nicht zu nahe treten -" - und ob er das wollte – „- aber Sie haben den schönsten Po der Welt!"

Es bestand immer, immer, immer die Hoffnung, dass die jeweils Angelaberte mit dem perfekten Arsch einmal *nicht* so reagieren würde wie exakt einhundert Prozent aller Opfer. Da war Arne unerschütterlich. Arnes Traum war eine Antwort wie „Dankeschön, junger Mann, wollen Sie mal anfassen?"

Das geschah selbstverständlich nie.

Zum einen war Arne kein junger Mann – das war er nur in seinem fiktiven Selbstbild – zum anderen galt er während der gerade aufkommenden Metoo-Bewegung als dreckiges, sexistisches Schwein. In einem Fall war Arne etwas unvorsichtig gewesen, und hatte sein Wild unter Zeugen gestellt. Das war ein Fehler. Alle Damen waren mehr oder weniger empört - eine beschimpfte ihn, eine andere hielt ihrem Sohn die

Ohren zu, eine dritte warf eine Dose Katzenfutter nach ihm. Und diese drei erwähnten Damen hatten sich auch über ihn an der Kasse beschwert, wo ihn bereits das Tribunal ausschließlich weiblicher - wie unfair! - Geschworener bereits auflauerte.

„Sie Schwein, Sie!" wurde er von einer pickeligen, adipösen Kassiererin attackiert.

Arne zog die Schultern hoch.

„Was hab ich denn getan?!"

Die Kassiererin war rot angelaufen.

„Da fragense noch? Sie sind eine Schande!"

„Ich habe der Dame doch nur ein Kompliment gemacht!"

Zu schwach.

Eine andere Kassiererin stimmte in das Wolfsgeheul mit ein. Aber auch in dieser Situation starrte Arne ihr unverhohlen auf die Muschi und entschied innerhalb einer einzigen Sekunde: Kannste vögeln.

„Kompliment? Sie sind ein Schwein, ein Mantelklapper, so einer, den man im Stadtpark findet!"

Die geht bestimmt gut ab im Bett, dachte Arne, bei dem Temperament. Die schreit dir die Bude zusammen. Er sagte natürlich etwas anderes, was ihn jedoch beinahe genauso mies dastehen ließ. „Das ist doch nur Neid!"

Dabei zwinkerte er tatsächlich der Dame mit dem überraschend guten Katzenfutterdosenwurfarm zu, in der irrationalen Hoffnung, dass dies ein Kompliment an sie sei. In seiner Welt waren die Weiber immer neidisch aufeinander. Er war der Vollpsychologe. Nach diesem einen Satz eskalierte die Situation und fünf aggressive Frauen stürmten auf ihn ein. Arne bekam es mit der Angst und vielleicht hätten sie ihn auch am Metallständer der billigen Chinarucksäcke aufgeknüpft und angezündet. Arne rettete sich mit einem Doppelaxel über das Kassenband. Er hörte gerade noch den Satz „Sie haben Hausverbot! Für immer!"

Von da an musste Arne durch die ganze Stadt geigen, um die von seiner Frau bevorzugten Bodylotion in einer anderen Drogerie zu kaufen.

Isis

Bobbys Woche plätscherte so dahin.

Aber nicht wie ein sprudelnder Bergbach, der sich munter vitalisierend durch uralte Gesteinsschichten geschlängelt hatte, eher wie eine geborstene Rohrleitung in Tschernobyl.

Eine graubraune Masse schien sich auf ihn und alles andere in seiner Wohnung zu legen. Um diese Negativstimmung zu verstärken, lief im Fernseher den ganzen Tag der Verkaufssender, auf dem 24 Stunden lang wohlondulierte Damen und Herren alles von der Erwachsenenwindel bis zum brasilianischen Mehrkaräter fröhlich feilboten. Bobby wühlte sich Tag für Tag und Stunde für Stunde in die uralten Bilder dieser einen, gottverdammten Nacht. Er rieb sich die winzigen Glassplitter der geborstenen Frontscheibe unter die Haut, er malte sich mit dem Blut des Opfers breite Streifen ins Gesicht, er saß teilnahmslos auf einem Küchenstuhl und ließ das alles leidend auf sich einwirken. Das war seine persönliche Auffassung von Buße. Gleich zwei Leben hatte er ausgelöscht – das einer Frau und ihres ungeborenen Kindes in ihrem Leib. Was hätte aus diesem Kind werden können? Ein Kanzler, eine erfolgreiche Aktivistin, die Retterin der Erde, der

Verhinderer des nächsten oder übernächsten Weltkrieges? Vielleicht hatte er aber auch einen neuen Hitler oder Stalin gekillt oder einfach nur ein großes, blödes Arschloch, dass nach der Arbeit Frau und Kinder verprügelt. Diese Gedanken kamen ihm jedoch überhaupt nicht in den Sinn. Mit düsterer Miene fütterte er weiterhin den Wolf, der ihn von innen zerfleischte und sich langsam, aber stetig durch die Käfigstäbe seines Brustkorbs fraß. Die von Frau Doktor verschriebenen Pillen hatte er zwei Tage liegen lassen, aber er sehnte sich nach Schlaf und nahm dann doch zwei Stück.

Dann klingelte es abends an seiner Tür.

Niemand, niemand, der ihn kannte, klingelte bei ihm. Bobby hatte die wenigen, unvermeidbaren Menschen in seiner unvermeidbaren Umgebung intensiv geimpft, Klopfzeichen zu geben. Warum, war ihm selbst nicht ganz klar, auf jeden Fall empfand er die wenig melodische Türklingel als bedrohlich. Es konnte sich also nur um einen nicht Eingeweihten handeln, dem er natürlich nicht öffnen würde. Durch den Türspion erblickte Bobby eine junge Frau, die zu wissen schien, dass er sie anstarrte. Unvermittelt drückte sie noch einmal auf den Klingelknopf, so dass Bobby zusammenzuckte und sich das Knie am Türrahmen stieß. Die Frau wartete ungeduldig ein paar lange Sekunden, schaute dabei zweimal auf die Uhr, zuckte dann mit den Schultern und lief den langen Flur zurück, an dessen Ende sie nach links abbog. Wohnte sie hier im Haus? Bobby kannte hier kaum jemanden, nur die alte Frau Braun und ihren blöden Pudel aus dem Parterre und den Späthippie aus dem dritten Stock. Die Unbekannte kehrte jedoch einen Abend später zurück vor seine Tür und Bobby verharrte wieder in orthopädisch unverantwortlicher Körperhaltung am Spion. Und öffnete nicht. Irgendetwas steckte die Unbekannte zwischen Tür und Türrahmen und verschwand ein weiteres Mal den Flur entlang. Nach einer geschlagenen halben Stunde öffnete Bobby die Tür. Eine kleine Visitenkarte flatterte auf den Boden.

Isis Fechner

Rückführung und Hypnose

Ein winziger Äskulapstab prangte neben ihrem Namen. Auf der Rückseite stand von Hand geschrieben: Hallo, ich bin die neue Mieterin von 6 B und lade alle herzlich zu meiner Einweihungsparty am Samstag ein! Es könnte etwas lauter werden!

Statt der I-Tüpfelchen waren in Rot kleine Herzchen gemalt. Gegen 22 Uhr konnte Bobby den wummernden Bässen aus der Nachbarwohnung dabei zusehen, wie sie den Staub auf seinen wenigen Möbeln tanzen ließen. Einweihungsparty! Das war jetzt das Letzte, was er brauchte! Offenbar war zumindest ein Teil der Mieter der Einladung der mysteriösen Isis gefolgt. Am Tag nach der Party schellte es schon wieder. Das war jetzt das dritte Mal in dieser Woche und Bobby fühlte sich bereits bedrängt. Er riss die Tür auf, ließ die Kette jedoch vor und wollte eigentlich seinem Unmut Luft machen, kam jedoch nicht dazu. Im Treppenhaus stand die ehemals Unbekannte, die jetzt einen Namen hatte.

„Das ist schön, dass ich Sie einmal antreffe, ich war schon ein paar Mal an ihrer Tür!"

„Ich weiß." antwortete Bobby und verriet damit, dass er offenbar am Spion rumgelungert haben musste, als sie geklingelt hatte. Bobby ärgerte sich darüber, aber es war zu spät. Isis Fechner ließ drei lange Sekunden verstreichen, um ihm die Gelegenheit zu geben, zu kapieren, dass *sie* es wusste.

„Waren wir gestern zu laut? Bei der Party, meine ich. Irgendwann hab ich völlig den Überblick verloren."

„Neinnein!" log Bobby. „Ich war doch auch einmal jung."

Isis blinzelte kurz mit ihrer die Zunge zwischen die Lippen.

„Warum waren Sie denn nicht auch da? Fast alle waren da, sogar die alte Frau Braun!"

„Mir geht es im Moment nicht so gut."

„Das sehe ich."

Eine zumindest für Bobby unangenehme Pause entstand. Isis schien das nicht zu stören. Bobby betrachtete sie, soweit der schmale Türausschnitt es zuließ. Klein war sie, klein und schmal. Hübsch wäre wohl das richtige Adjektiv für Isis Fechner, niedlich und ein wenig androgyn.

"Jedenfalls – ich habe hier ganz tolle Cup-Cakes, sozusagen als Entschädigung. Hui, war ich benebelt!"

Sie rollte mit den Augen und lachte laut über sich selbst.

„Ich esse sowas …"

„Die sind ganz frisch, selbst gebacken!"

Sie zog einen Bastkorb hinter ihrem Rücken hervor und nahm ein Küchentuch herunter. Sie wies auf die einzelnen, knallbunten Kuchen.

„Das hier ist Strawberry-Cheesecake, und der da

ist Schoko mit Lavafüllung! Mein persönlicher Favorit. Den müssen Sie kosten!"

Bobby wusste, dass er einen dieser Kuchen nehmen sollte, sonst würde das hier nie enden.

„Oder nehmen Sie den -" sie wies auf ein, einem streuselverzierten Hundehaufen sehr ähnlichem Ding.

„Ich nenne ihn den Christopher-Street-Day!"

Bobby zögerte, entschied sich dann jedoch überraschend – am meisten für ihn selbst – für den CSD.

„Eine gute Wahl!"

Als Bobby später im Schutze einer 25 Watt Glühbirne nach der Post sehen wollte, stand eine rosa Papiertüte auf der Fußmatte. Darin zwei Lavakuchen und eine handgemalte Karte mit einem großen Herzen darauf. Lächelnd stellte er das Präsent auf seinen Wohnzimmertisch und starrte es die ganze Nacht lang an.

Auch nur ein Mann

Annika stürmte durch die Wohnung und suchte wie irre nach irgendetwas und es dauerte, bis Arne kapierte, dass es sich um ihre Autoschlüssel handelte. Wie beinahe dreimal die Woche. Seine Karre würde er ihr nicht leihen, soviel war klar. In der Firma wurde er wegen der verbeulten Tür schon ausgelacht. Sollte sie sich doch ein Taxi nehmen!

Arne saß in Unterhose und T-Shirt am Küchentisch und trank einen Kaffee, den er selbst nicht gekocht hatte. Er wusste, sie hatte einen Termin bei ihrem Gynäkologen und er wusste, sie hasste es, wie sie all das hasste, was mit „da unten" zu tun hatte. Das war einmal ganz anders gewesen. „Wenn dein Doc WhatsApp hat, kann er mir ja mal ein Foto schicken. Ich hab das *da unten* schon lange nicht mehr gesehen!"

Annika machte dieses schnippische Geräusch mit dem vordersten Teil ihrer Zunge und wand sich ab. Sie schien die Schlüssel gefunden zu haben, er hörte die Wohnungstür klappen und gleich darauf den Motor ihres Kleinwagens.

Ja, das war einmal anders gewesen. In der sogenannten *ersten* Zeit. Es lief alles gut im Bett, früher war Annika leicht zu entflammen. Gott, wo hatten sie es überall getrieben! Auf dem Klo der Eckkneipe, im Auto, im Stadtpark im Gebüsch. Arne fand das damals toll. Sein Gedanke: Wenn der Sex stimmt, passt auch alles andere.

Und dann kam Noah zur Welt, Noah Sebastian. Was hatte er gekämpft, dass sein Sohn nicht so einen bescheuerten Yuppienamen bekam wie Leon Dumbledore oder Malte Constantin, das klang doch wie ein Schokokaltgetränk aus der Schweiz! Und es gab unendlich viele, dämliche Namenskombinationen wie Chantal Patricia Feddelbüttel oder vielleicht Charlize Elisabeth – nach der Schwiegermutter – Schädlbauer-Pawolski! Was hatten sich diese Eltern nur dabei gedacht? Arne war beileibe kein wirklicher Ästhet, aber da waren ihm Grenzen gesetzt. Annika war vollkommen und tief aus ihrer milchführenden Mutterbrust heraus zu keinerlei Kompromiss bereit gewesen. Ihr Junge hatte unbedingt, *unbedingt* Noah-Mohammed heißen sollen, in Kombination mit dem schönen, deutschen Nachnamen Herzberg. Arne war schlicht fassungslos gewesen.

„Aber…, aber… - du verbaust doch dem Jungen schon mit diesem *Namen* die ganze Zukunft!" hatte er geschrien. „Da ist das Mobbing in der

Krabbelgruppe doch schon vorprogrammiert!"
Aber nein, Annika war Aktivistin in fast jeder –
Originaltext Arne - anstrengenden
Frauenvereinigung, vom Vierfruchtmarmeladen-
Weibertreffen, wie er es verächtlich nannte, zur
Facebookseite „Meine Zeit". Die Auswahlkriterien
für Annikas Beitrag zum sozialen Leben, wie sie es
nannte, schienen nur die zu sein, Arne damit
unendlich auf den Sack zu gehen und ihm seine
Zeit zu rauben. Diese maßlos bescheuerte Idee,
ihrem Sohn diesen Namen zu geben, schien auf
dem morschen Baumstamm der guten Vorsätze
von FfF – „Frauen für Flüchtlinge" - gekeimt zu
haben.
„Du bist doch auch nur ein verkappter Nazi! Gib es
doch zu! Du und deine komischen
Arbeitskollegen! Außerdem ist Mohammed der
häufigste Vorname auf Welt!"
Wieso war das denn ein Argument? Schön, wenn
der Bengel wie die meisten Menschen heißt?
„Dann lass uns doch unseren Nachnamen in Chan
ändern, das ist der häufigste Nachname in der
Welt!"
Glücklicherweise kannte Arne jedoch seine
Pappenheimer und intervenierte gemeinsam mit
seinen, Gott sei es gepriesen, sehr langweiligen

und konservativen Schwiegereltern. Lediglich eine angeheiratete Tante war auf Annikas Seite gewesen. Aber der Widerstand war zu schwach gewesen für das massive Bollwerk eines Pfeife rauchenden Windjackenträgers in Bundfaltenjeans und einer kittelgepanzerten Mutti mit Dauerwelle. Mutti und Vati hatten sich durchgesetzt. Alles was von Annikas Vorhaben übergeblieben war, hieß nun Noah Sebastian, Sebastian als Zugeständnis an ihren verstorbenen Bruder. Da hatte Arne natürlich nichts machen können.

Aber Sex mit Annika war definitiv vorbei.

Aufgegeben hatte Arne noch nicht, aber die Chancen standen schlecht.

Im Leben eines beinahe jeden Mannes kommt der Zeitpunkt, an dem er seinem primären Geschlechtsmerkmal einen Namen geben muss. Meist etwa dann, wenn die ersten Haare sprießen. Die Entscheidung war für Arne nicht leicht gewesen. Die Auswahl war so groß! Tigerpython, Hammer, Fleischpeitsche, Freudenspender, Boa Conflictor, Kalle Blomquist – das hatte Arne nie verstanden -, der Cäptn, der Commander. Aber das gab es ja alles schon. Arne nannte seinen Penis schließlich Klein-Arnie. Ja, das klang ein wenig niedlich, eher nach einem Cornichon als nach einer Freilandgurke, und niedlich war ganz klar eine Beleidigung. Der Hinweis auf Arnold Schwarzenegger jedoch machte das alles wieder wett.

Annika nannte ihn schlicht „das Ding".

Nicht einmal „dein Ding", sondern das, als wäre es kein wichtiger Teil von Arne.

„Nimm das Ding da weg!"

Wie oft hatte er das gehört? Arne war ein Mann in den besten Jahren. Okay, den zweitbesten Jahren, aber er stand auf dem Höhepunkt seiner Potenz. Und wenn Annika nicht wollte – bitteschön!

Er war doch auch nur ein Mann.

Der Schrank

Bobby hatte dieses Geräusch erst gar nicht richtig gehört, aber doch irgendwie wahrgenommen. Die Tabletten, die ihm Frau Doktor verschrieben hatte, halfen ihm zwar, gut einzuschlafen, tagsüber war er jedoch noch mehr im Tran als vorher. Und seine kognitiven Fähigkeiten litten massiv darunter. Das Geräusch war sehr leise, und es passte nicht zu der akustischen Grundkulisse im Haus und in der Wohnung. Nur diese Abweichung machte ihn hören. Ein Scharren, ein Klopfen? Als wäre er auf der Suche nach einer illegalen Maus war, die mit ihren Köteln die Teller auf der Anrichte verzierte, schlich Bobby durch die Wohnung. Brauchte er eine Waffe? Was nimmt man denn so, wenn man eine Maus töten will? Bobby entschied sich für einen Besen, damit würde er das Vieh auf Abstand halten. Die Intervalle zwischen den Geräuschen waren unterschiedlich groß und so dauerte es eine Weile, bis sich Bobby dem großen Schrank zuwandte. Das riesige, schwere Trumm aus Eichenholz hatte bereits hier gestanden, als er die Wohnung bezog und da es so schwer war und daher kaum zu bewegen und es auch keine andere Wand gab, an der das Teil hätte stehen können, hatte ihn Bobby einfach dort belassen, wo er stand.

Das Geräusch schien tatsächlich aus dem Schrank zu kommen. Bobby drehte den klobigen Schlüssel herum und riss vehement die Tür auf, den Besen zum Coup de Grace hoch erhoben. Zu seiner Überraschung lugte die neue Nachbarin zwischen seinen Hemden hervor.

„Es ist nicht so, wie es aussieht!"

Sie lächelte verlegen in Bobbys erstauntes Gesicht. Bobby starrte abwechselnd die Nachbarin und den

Besen an.

„Darf ich hereinkommen?"

Bobby trat überrumpelt einen halben Schritt zurück. Unwillkürlich reichte er ihr die Hand und half ihr. Diese Hand war warm und weich. Isis plapperte munter weiter.

„Ich hab in meiner Wohnung auch so einen Schrank und als ich vorhin beim Einräumen war, wackelte ein Brett in der Rückwand. Und da bin ich!"

Bobby schwieg und überlegte, wie er sie wieder aus der Bude bekam.

„Ich glaube, dass man einen Türdurchbruch einfach nicht zugemauert hat. Schränke davor und fertig. Diese Handwerker!"

Aber sie schien den Handwerkern irgendwie nicht böse zu sein. Bobby besaß plötzlich acht Arme und wusste nicht wohin damit.

„Ja."

Das war etwas dünn.

„Wir sollten der Verwaltung Bescheid sagen, dass sie das Loch zu machen." fügte er hinzu.

Isis ging nicht darauf ein. Sie taxierte die depressive Innenausstattung, die den Namen nicht verdiente. Bobby konnte spüren, wie sie „Knast" dachte. Er hingegen taxierte Isis. Sie war sehr klein und hüllte ihren Körper in mehrere Schichten bunter Stoffe und einer Menge klimperndes Metall.

Sollte er ihr einen Stuhl anbieten, obwohl er dazu keine Lust hatte? Stattdessen sagte er etwas anderes.

„Vielen Dank für die Muffins, sehr lecker. Wo haben Sie die gekauft?"

Isis tat entrüstet.

„Gekauft? Oh, mein Gott, nein! Ich backe selbst! Wissen Sie, was so ein Bäcker alles in die Schüssel haut? Ich ja und ich sage: Nein, danke!"

Das klang kämpferisch. Wollte er das wissen? Wollte er wirklich wissen, ob die Bäcker in den Teig pinkelten? Oder Schlimmeres? Nein, wollte er nicht. Aber Isis wechselte bereits wieder das Thema.

„Sind Sie den ganzen Tag in der Wohnung? Was machen Sie denn so?"

„Nichts."

„Ich könnte nicht nichts machen!"

Davon war Bobby überzeugt.

„Und Sie?"

Diese Frage war mehr der Höflichkeit entsprossen, als echtem Interesse.

„Steht auf meiner Karte!"

Und als Bobby sich offensichtlich nicht erinnerte:

„Ich mache Rückführungen unter Hypnose."

„Und wie geht das?"

„Ich versetze meine Klienten in Trance und sie erinnern sich an ihre früheren Leben."

„Was sind denn frühere Leben?"

„Oh, viele Menschen glauben, dass sie schon einmal auf der Welt waren, in einer anderen Epoche vielleicht. Und das wollen sie wissen."

„Schon mal gelebt? Wie soll das denn gehen?"

Isis setzte sich unaufgefordert auf einen Küchenstuhl.

„Könnte ich ein Glass Wasser haben, bitte? Mir ist ganz trocken im Mund."

„Ich habe nur Leitungswasser."

„Das ist völlig in Ordnung!"

Bobby nahm ein Glas aus dem Schrank und füllte es am Wasserhahn. Die neue Nachbarin zog Strickzeug aus einer mitgebrachten Jutetasche und begann, daran zu arbeiten.

„Haben Sie vielleicht eine Schere? Ich habe meine liegenlassen, das passiert mir andauernd."

Bobby trante zurück zur Küchenzeile und zog verdachtsweise eine Schublade auf. Besaß er eine Schere? Er fand tatsächlich eine und legte sie neben das Glas Wasser. Aber er hatte den Faden nicht verloren.

„Und warum wollen Menschen das wissen?"

Isis seufzte.

„So genau weiß ich das auch nicht. Es scheint meinen Klienten wichtig zu sein und sie ihrem jetzigen Leben näher zu bringen. Und ihren Problemen."

„Welchen Problemen denn?"

„Krankheiten, psychische Beeinträchtigungen oder Krieg werden von Generation zu Generation weitergegeben. Und von Leben zu Leben. Und wenn man die Problematik erkannt hat, kann man das Leben verändern."

Bobby leuchtete das nicht ein.

„Und wer glaubt an sowas?"

„Oh, eine Menge mehr Menschen, als man meinen sollte."

„Und wie soll das gehen?"

„Wie soll ich das erklären?"

Sie stützte ihr Gesicht in beide Hände und sah dabei sehr kindlich aus.

„Die Sache ist die: Wenn man wiederholt das Gleiche tut und dabei andere Ergebnisse erwartet, nennt man das Wahnsinn."

Als Bobby schief schaute, entschuldigte sie sich quasi für diese Aussage.

„Hey, das hab nicht ich gesagt! Das war Albert Einstein! Ich kannte da mal ´ne Frau, die hatte immer nur Idioten-Lover, einen nach dem anderen. Es waren immer die gleichen Typen – Muskeln, Haare auf der Brust, voll die Machos eben. Nach dem dritten blauen Auge riet ich ihr, mal das Modell zu wechseln."

„Und das hat funktioniert?"

„Leider nicht, sie konnte mit Softies nichts anfangen. Sagte sie. Sie lebt seit zwei Jahren mit ihren Kindern in einem Frauenhaus."

Bobby dachte eine Weile darüber nach. Dann sagte er: „Das ist dann so, als ob man seine Kleidung aus der Wäscherei völlig eingelaufen zurückbekommt. Und blöderweise trotzdem immer wieder hingeht, oder?"

Isis lachte laut.

„Das ist eine vereinfachte, sehr komische Sichtweise! Und in Wahrheit ist es viel komplizierter, aber im Grunde genommen hast du recht!"

Plötzlich rief sie „Huch! Jetzt habe ich Sie geduzt! Entschuldigung!"

Bobby reichte ihr seine Hand.

„Ich heiße Bobby."

„Ich heiße Isis, aber das wissen Sie – äh, weißt du

ja schon. Was hast du denn früher so gemacht?"
Bobby stockte, es fiel ihm nichts ein. Was hatte er
vor dem Unfall gemacht? Das war Äonen her,
zumindest kam ihm das so vor. Lehrer hatte er
einmal werden wollen. Ein Witz!

„Ich hatte gerade angefangen, Kunstgeschichte zu
studieren."

„Toll!" Isis war begeistert. „O, Mann, das ist genau
das, was ich suche!"

„Was?"

„Die Sache ist die: Wenn meine Klienten in ihrem
alten Leben herumlaufen, wissen sie nie, wann
das war, also in welcher Epoche. Das ist zwar nicht
erheblich, aber spannend!"

Bobby blickte fragend und Isis ergänzte.

„Vielleicht könntest du ja herausbekommen, wann
diese Leben stattgefunden haben! Ich gebe dir die
Protokolle und dann schaust du mal, was man
daraus machen kann, okay? Es wäre mir eine
große Hilfe."

„So einfach ist das nicht. Anhand eines Gesprächs
lässt sich da sicher wenig herausbekommen. Ich
brauche Anhaltspunkte."

Isis überlegte.

„Dann müsste ich vielleicht gleich Fragen
einbauen, die in die Richtung gehen."

„Ganz normale Gegenstände könnten helfen. Kleidung, Schuhe. Aber ich stelle mir das schwierig vor."

„Ach, wenn es nicht funktioniert, dann eben nicht. Aber versuchen kann man es doch, oder?"

Bobby zögerte.

„Ich bin sicher, dass Sie nichts mit mir zu tun haben wollen. Ich habe etwas Schreckliches getan."

Isis schaute ihn ein paar Sekunden konzentriert an.

„Nein, hast du nicht. Und wenn doch, war es ein Versehen. Und überhaupt – du!"

Druck

Arne war nervös. Das durfte jetzt nicht mehr schiefgehen. Konzentration!

„Herr Schwarze, haben Sie einmal einen Blick auf Ihr Konto geworfen? Da hat sich einiges getan."

„Nee, hab ich noch nicht."

„Dann sollten Sie das, wenn es nicht so viel Mühe macht. Aber Sie werden gleich sehen, dass sich Ihre Rendite verdreifacht hat. Aus 250 Euro Einlage sind 625 geworden!"

Ja, verdreifacht hätte eine andere Zahl ergeben, aber das würde Opa Schwarze eh nicht merken.

„Das wären dann aber siebenhundertfünfzig!" schnarrte es aus dem Handy.

Fuck!

„Na, da wollen wir mal doch nicht päpstlicher sein als der Papst, oder?!"

Alles, was Arne sagte, schien irgendwie ein Ausrufungszeichen zu haben.

Herr Schwarze brauchte einen Augenblick, um seinen Kontostand zu überprüfen. Arne hatte ihn zwar nie gesehen, wusste aber, dass der Herr Schwarze nicht so firm war bei PC-Sachen.

„Ja, Mannomann, wie kann das denn angehen?"

Arne triumphierte.

„Sehen Sie, ich habe es ihnen doch gesagt!"

Herr Schwarze wurde sehr ländlich nachdenklich.
„Aber wie geht denn das?"
Das war Bobbys Stichwort.
„Herr Schwarze…", immer mit dem Namen
ansprechen –„das ist eigentlich ganz einfach: Der
Bitcoin ist im Moment *die* Währung. Lange
verlacht, aber jetzt hat er sein Comingout als
Anlage!"
Arne durfte es nicht überspannen. Comingout
klang so nach Homosexualität und den Herrn
Schwarze schätzte er so ein, dass dem das sicher
nicht gefiele. Eine schwule Geldanlage, um
Himmels Willen!
„Die Sache ist eigentlich ganz einfach. Die
Nachfrage ist da, und wir - also meine Firma
Money Consults und ich - haben einfach früh
genug erkannt, was da an Potential drin ist."
Keine zu langen Sätze, kurz, knapp und gerade so
viel Fachidiotensprache, dass man niemanden
verschreckt.
„Und nur deswegen können wir Ihnen diese tollen
Konditionen anbieten."
Nur nicht mit bombastischen Adjektiven sparen!
Nach Gutsherrenart, jetzt mit ganzen
Fruchtstücken, der große Knabberspaß für die
ganze Familie – es war doch alles das Gleiche!

„Sie wissen doch, die Preise fliegen über den Markt! Haha!"

Das war eigentlich ein Zitat aus einem alten Asterix-Heft, aber der geschätzte Kunde würde das sicher nicht merken. So, und jetzt noch einen obendrauf. Eine Schokotorte macht heute keinen großen Eindruck mehr, da mussten noch eine fette Sahnehaube drauf und drei bis acht Schirmchen.

„Und da Sie, Herr Schwarze, ein so geschätzter Kunde sind, machen wir Ihnen ein einmaliges Angebot, das wir nur für Sie freigeschaltet haben! Wenn Sie bereit wären, ihre Einlage zu verdoppeln, also noch einmal 250,- Euro einzahlen würden, legt die Firma Money Consults noch einmal die gleiche Summe obendrauf!"

Herr Schwarze zögerte nicht, 250 Euro war eine Summe, die man im Normalfall erübrigen konnte, und darum ging es ja schließlich.

„Ja, wenn Sie meinen?"

„Herr Schwarze, das ist ein einmaliges Angebot, das nur – " Arne schielte auf seine Armbanduhr „- für 24 Stunden gilt. Na, was sagen Sie?"

Und natürlich wollte Herr Schwarze.

Er versicherte begeistert, die Bankanweisung würde heute noch raus gehen. Sie legten auf. Die Katze war im Sack, eine kritische Phase war überwunden. Im nächsten Schritt würden auf dem Konto von Herrn Schwarze die versprochenen 500 Euro auftauchen, zwei Tage später16000 und Arne würde noch einmal eine neue Zahlung herauspeitschen. Zugleich musste Herr Schwarze noch eine Lebensversicherung über 12000 Euro abschließen, schon wegen der Haftung. Und das war es dann. Würde der verehrte Kunde dann etwas von diesem Konto abbuchen wollen, würde Arne behaupten, das ginge zur Zeit nicht, weil das Finanzamt gerade die Konten checke und Herr Schwarze hätte doch bestimmt alles Nötige angemeldet und ans Finanzamt abgeführt, oder etwa nicht?

„Sie wissen ja, Paragraf 64 b Finanzschutz-gesetz." Das Wort Finanzschutzgesetz löste im Allgemeinen so etwas wie Angst oder Ehrfurcht aus und das war es dann. Der Kunde würde sich mit dem relativ geringen Verlust abfinden, keine Anzeige machen und Arne war im Besitz von ein paar hundert Euro. Viel zu wenig Kohle für so viel Aufwand.

Sicher, das hier war nur ein kleiner Nebenjob, aber immerhin. Sein Butter-und-Brot-Job in der Bank brachte eben nicht so viel ein, wie Arne brauchte. Zwei Autos, eine große Wohnung, dann war das

Kind echt teuer. Wie konnte das eigentlich sein? Kaum größer als ein Meerschweinchen und trotzdem verbrauchte der Bengel im Monat mehr Kohle als Arne selbst. Nein, das nun auch nicht, aber es kam ihm so vor. Er musste irgendetwas tun, was mehr Kohle einbrachte. Oder einfach nur die Erfolgsleiter hochglitschen und befördert werden. Druck, Druck, immer dieser Druck!

Protokoll
Bobby bereute ein wenig den Einbruch in sein schreckliches, aber absolut überschaubares Leben. Es war einfach gewesen, vor sich hin zu leiden. Ihn beschäftigte jedoch die Frage, ob er auch etwas mit sich herumschleppte, etwas aus einem früheren Leben, dass ihn in diese Situation gebracht hatte. Vielleicht hatte er in einem seiner vorherigen Leben mit einem Ochsenfuhrwerk eine schwangere Magd überfahren? Wer wusste das schon? Und da er sich nicht traute, sich selbst bei Isis auf die Couch zu legen, sezierte er stattdessen die vermeintlichen, vergangenen Leben völlig fremder Menschen.
Wie besprochen, hatte Isis ihm das Protokoll als E-Mail zugeschickt. Das Intro, so hatte es Isis

genannt, war immer das Gleiche. Mit einer Atemtechnik wurde eine Art Trance erreicht, durch die Isis den Klienten therapeutisch in die Vergangenheit begleitete, das sogenannte holotrope Atmen. 20 Minuten tief ein- und ausatmen. Bobby probierte es und war nach einer Minute völlig außer Atem. Die teilnehmenden Personen waren mit I für Isis und K für Klient abgekürzt.

I.: „Sie stehen jetzt in einer Höhle. Was sehen Sie?"
K.: „Ich kann gar nichts sehen!"
I.: „Vielleicht können Sie es spüren? Sind Sie ein Mann oder eine Frau?"
K.: „Ich glaube, ich bin ein Mädchen."
I.: „Woran merken Sie das?"
K.: „Ich, ich fühle mich so. Und ich habe einen Anzug an, wie ein Matrose."
I.: „Hast Du einen Namen?"
K.: „Ich glaube, ich weiß nicht, ich glaube Erna. Ja, ich bin die kleine Erna."
I.: „Gibt es auch einen Nachnamen?"
K.: „Nein. Ich weiß es nicht, ich bin noch sehr klein."

Isis wechselte vom förmlichen Sie auf das Du, mit dem man Kinder anspricht.

I.: „Wie alt bist du?"

K.: „Ich hatte gerade Geburtstag, ich bin sechs Jahre alt."

I.: „Wie sieht es in der Höhle aus?"

K.: „Dunkel, alles ist dunkel! Ich habe Angst!"

I.: „Es wird gleich heller. Und du musst dich nicht fürchten, es kann dir nichts geschehen."

K.: „Da kommt ein großer Mann."

I.: „Wie sieht er aus?"

K.: „Er ist groß und dünn und er trägt einen Anzug mit Krawatte."

I.: „Was tut der Mann?"

K.: „Er tut nichts, er sagt etwas, ganz lieb und zärtlich. Es ist mein Vater. Er gibt mir die Buntstifte."

I.: „Bist du immer noch in der Höhle?"

K.: „Nein, wir sind in einem Zimmer und alles ist voller Holz."

I.: „Was für Holz?"

K.: „Ganz viele Schränke und überall stehen Bücher. Und da steht ein großer Schreibtisch, auf den muss ich rauf."

I.: „Du musst dich auf den Schreibtisch setzen?"

K.: „Nein, ich muss mich bücken. Papa sagt, das ist unser großes Geheimnis, das darf niemand wissen."

Abbruch!!!

Isis schrieb dazu:

„Klient ist aufgeregt und hyperventiliert. Es war nicht leicht, den Klienten aus der Trance zu holen. Pulsüberwachung. Ein Glas Wasser."
Bobby stand vom Schreibtisch auf und ging zum Fenster.

Missbrauch? Es war ja sicherlich Absicht, die dunklen Ecken auf zu spüren, die, die einem das gegenwärtige Leben so schwermachen, aber Missbrauch? Es war klar, dass keine schönen Dinge zu Tage treten. Bobby dachte sich, dass vielleicht gerade das Aufdecken alter Geschichten aus gelebten Leben zu einer Verschlechterung des derzeitigen Lebens führen konnte. Gelebte Leben! Was für eine Idee! Wie würde Isis damit umgehen?

Die Epoche hingegen war weniger schwer herauszubekommen, wenn auch nur so ungefähr. Irgendwann malte einmal ein Künstler einen Prinzen in einem dieser Anzüge. Das war in den Zwanziger Jahren des 19. Jahrhunderts, und er löste damit einen Hype aus. Damals wie heute. Ihre größte Popularität erreichte diese Mode von ca. 1890 bis in die Dreißiger Jahre. Danach waren sie out, weil die Nazis sie als bürgerlich-dekadent verachteten. Wikipedia sei Dank. Weitere Indizien wie die dunklen Möbel, Vati mit Anzug und Krawatte – das passte. Buntstifte existieren seit etwa 1860. Also Ende 19. bis Anfang 20. Jahrhundert, oder irgendwo dazwischen.

Aber das war nebensächlich. Wie konnte man ein Kind…?

Er musste mit Isis sprechen, er musste wissen, was dahintersteckte. Das Durchleben von Szenen aus anderen Existenzen – und Bobby hegte da seine Zweifel – hatte er sich ganz anders vorgestellt. Eine schöne Stimmung auf dem Rummelplatz, mit dem Karussell fahren, Zuckerwatte futtern, bis einem schlecht ist, so was eben. Nicht dieser bedrohliche Vater, Ängste, Missbrauch. Es herrschte Redebedarf mit Isis.

Bobby nahm noch zwei von diesen wunderbaren Tabletten.

Frauendings

Es sollte ein möglichst aussagekräftiges Foto werden und Arne orientierte sich an den anderen Damen- und Herrschaften, die auf dieser Plattform ihre meist unentgeltlichen, sexuellen Vorlieben und Körperteile feilboten. Als visuelle Entscheidungshilfe knallten ihm online Dutzende von primären Geschlechtsmerkmalen in allen denkbaren Behaarungszuständen ins Gesicht.

Aber klar, darum ging es ja! Arne hatte seinen allerbesten guten Freund gründlich rasiert, zuerst mit der groben Mähmaschine, dann mit der Dreifachklinge. Ein Kumpel hatte ihm beinahe versprochen, dass sein Klein-Arnie dann viiieeel größer aussehen würde. Location für den Catwalk war das heimische Badezimmer. Aber Arne konnte machen, was er wollte – sein Freund, präsentiert in seiner linken Hand, sah immer wie ein blasses, mickriges Suppenhuhn aus. Beim Text war es so einfach gewesen!

„Großer, standhafter Penis sucht schöne Frau mit belastbarer Muschi."

Gut, wenn auch nicht originell, so doch aussagekräftig. Seine Fotosession wurde jäh unterbrochen – der Türgriff bewegte sich.

„Warum schließt du denn die Tür ab?" fragte

Annika gedämpft.

Arne steckte das Handy schnell unter einen Stapel Handtücher.

„Weil ich für einen Augenblick meine Ruhe haben wollte!"

Arne schwang schnell ein Handtuch um seine Hüften, bevor er die Tür aufschloss. Wie hätte er seiner Frau sein rasiertes, puterrotes Gemächt erklären können?

„Im Büro ist so viel los, ich wollte mal für mich sein, mal alleine, ohne, dass der Kleine hier hereinstürmt."

Verteidigungshaltung, ganz schlechte Taktik. Er hatte doch noch gar nichts getan? Arne ergriff Annikas Hand und zog sie ins Bad.

„Ich wollte gerade duschen, komm doch einfach mit."

Annikas anfängliches Grinsen verschwand. Ungeachtet dessen küsste Arne ihr in die Halsbeuge.

„Du weißt doch noch, wie früher, eben mal ne schnelle Nummer!"

Annika riss sich förmlich aus seiner Umklammerung, Arne hielt dagegen.

„Ach, komm schon! Geht auch ganz schnell!"

Annika schlug nach ihm und schließlich trat Arne einen Schritt zurück.

„Was soll das denn?"

„Geht ganz schnell? Sag mal, spinnst du? Bin ich ein Dixi-Klo, oder was?"

„Stell dich nicht so an, du warst doch früher nicht so prüde!"

Annika warf die Arme in die Luft, um sie dann gleich darauf in die Hüften zu stemmen.

„Früher? Das war mal! Außerdem ist der Kleine im Wohnzimmer, und auf dem Herd kocht das Abendessen!"

Dabei hätte Arne es belassen sollen. Pech, dieses Mal nicht, okay, ich wollte dich jetzt nicht -.

Aber, nein, Arne war der festen Überzeugung, dass er jetzt, in diesem Augenblick, mit gaaanz viel Verständnis für ihr Frauendings punkten konnte. Oder mit dem, was er dafür hielt.

„Ich kann ja verstehen, dass du mit deinem Körper seit der Geburt nicht mehr glücklich bist."

Annika platzte der Kragen. Was er sich denken würde, was er sich erlauben würde, wie er auf dieses schmale Brett käme? Und dann erfuhr er den wahren Grund.

„Du bist mir zuwider! Ich kann dich nicht mehr riechen!"

„Aber, was hab ich denn…?"

„Meinst du, ich merke nicht, wie du jedem Rock

hinterher glotzt? Wie du jede dahergelaufene Tussi ansabberst? Ich sag dir was: Wenn du mich nur ein einziges Mal betrügst, wenn du auch nur ein einziges Mal dein Ding irgendwo reinsteckst, wo es nicht hingehört, sind der Kleine und ich so was von weg!"

Arne blieb geknickt zurück.

Es schien vorbei, vorbei, vorbei. Also nicht richtig vorbei. Sie würden weiterhin als Ehepaar zusammenleben, mit dem Kleinen, in dieser oder einer anderen Wohnung, sie würden so tun als ob. Nur ohne Sex. Für Annika war dann alles in Ordnung. Aber nicht für Arne.

Andererseits. Wenn sie nicht mehr will, dann such ich mir das eben woanders, dachte er. Und bei dem Vorhaben, dass sowieso in Planung war, fühlte er sich in seiner Entscheidung voll und ganz bestätigt. Selber schuld, dachte er.

Das hast du jetzt davon.

Biedermeier

Die Rückführungssitzung und das dazu gehörige Protokoll erforderten ein Gespräch. Bobby schrieb Isis auf Instagram an und bekam prompt eine Rückmeldung. Wenn es ihm passe, würde sie um 20 Uhr mal anklopfen. Anklopfen war in Anführungszeichen gerahmt und Bobby wusste, sie meinte den Schrank.

„Das war ja entsetzlich! Kindesmissbrauch!"

Isis schien betrübt.

„Ja, was für ein Schicksal. Und es gibt ein weiteres Protokoll, der Klient war noch einmal da. Gegen meinen Rat."

„Warum hast du abgeraten?"

Isis zögerte, sie rang um Worte.

„Ich weiß nicht, das Geschehene alleine war ja schon schrecklich, aber der Klient ist so…, so…, aggressiv dabei. Nein, das ist nicht das richtige Wort. Intensiv? Ich weiß es nicht! Auf jeden Fall ist es unangenehm."

„Aber wie soll der Klient denn dahinterkommen, wenn man die Sache nicht weiterverfolgt?"

„Ja, da hast du auch wieder recht. Aber es gibt ein neues Protokoll, ich habe es dir online geschickt."

„Ich sehe es mir später an."

Und so saß Bobby am Abend vor diesem neuen Protokoll. Er sparte sich das ganze Pipapo mit der

Atemtechnik. Wieder verfrachtete Isis den Klienten in eine dunkle Höhle. Warum eigentlich? Machte das nicht bereits Angst?

K.: „Ich weiß nicht, ich bin irgendwie dick.“

I.: „Wieso dick?“

K.: „Wenn ich so an mir herunterschaue.“

I.: „Wie alt bist du denn?“

K.: „Ich bin fünfzehn.“

I.: „Und wie heißt du?“

K.: „Ich weiß nicht. Renate, aber alle sagen Reni oder Rena zu mir.“

I.: Wie fühlst du dich?“

K.: „Das Wasser tut mir so gut.“

I.: „Welches Wasser?“

K.: „Ein Meer! Nein, es ist ein See oder ein Fluss, ich kann das Ufer auf der anderen Seite sehen.“

I.: „Und was tust du?“

K.: „Ich gehe hinein. Ich kann nicht schwimmen.“

I.: „Nein, geh zurück! Es gibt immer einen Ausweg!“

K.: „Nein, es gibt keinen! Ich wäre ganz alleine mit dem Kind. Und der Schande.“

I.: „Und der Vater des Kindes?“

K.: „Das ist der Hausherr. Ich bin nur eine Küchenmagd. Ich muss gehen, es ist soweit.“

I.: „Nein, bleib bei mir!“

Abbruch.

Grauenvoll. Erst ein Kindesmissbrauch und jetzt ein Suizid nach einer Vergewaltigung.

Bobby schaffte es kaum, sich vom Bildschirm zu lösen. Irgendwie wurde ihm seine Tat ständig vor Augen geführt. Missbrauch, eine Schwangere, die sich ertränken will. Tod und Verderben. Was denn noch? Er hätte diesen Auftrag nie annehmen, dieser Bitte von Isis nie nachkommen dürfen.

Trotzdem suchte er später nach Anhaltspunkten für die Zeit, in der sich das Drama abgespielt haben mochte. Was ergab sich aus dem bisschen Information? Bobby erinnerte sich, dass er einmal einen langen Artikel über die echte Biedermeierzeit gelesen hatte. In diesem wurde aufgeklärt, dass das blumig Verklärte dieser Zeit eine glatte Lüge war. Die schönen Bilder von Harmonie, mit denen sich Carl Spitzweg auf ewig in der Geschichte schuldig gemacht hatte – alles Lug und Trug. Rüschige Kleider wie aus Watte, hochgeschlossene Herren mit Vatermörderkragen, wohl eingerichtete Wohnstuben, fröhliche Postillione, eingepennte Soldaten, die neben einer Kanone liegen, in dessen Rohr gerade ein Vögelein sein Nest baut.

Alles gar nicht wahr.

In dieser Zeit waren die Hausangestellten des

Bürgertums nichts weiter als Sklaven. Nie war in Deutschland die Suizidrate so hoch gewesen. Und Ertränken war billig. Okay, Biedermeier, wahrscheinlich.

Nicht mehr wichtig, dachte Bobby, nicht mehr wichtig. Wann, wo, was. Was spielte das jetzt noch für eine Rolle? Eine gequälte Seele, die ihr Leid über Jahrzehnte, vielleicht Jahrhunderte mit sich herumschleppte, ohne eine echte Chance, aus diesem Teufelskreis auszubrechen.

Und ewig grüßt das Murmeltier. Warum konnte man das nicht verändern, dem Leben eine Wendung geben, einen Drall?

Oder die Kette unterbrechen, damit das endlich ein Ende habe?

Kommunikation

Ab und zu versuchte Arne, die Fragmente seines guten Willens zusammenzukratzen, um seiner Frau etwas näher zu kommen. Oder *wieder* näherzukommen. Interesse zeigen. Oder so. Diese Fragmente reichten jedoch kaum aus, um auch nur ein einziges, seetüchtiges Dingi zusammenzuzimmern, dass ihn durch die Strudel und heimtückischen Riffe, die böse unter der Oberfläche lauerten, hindurch zu lotsen vermochte. Er konnte machen, was er wollte, er schaffte es einfach nicht.

Innerhalb einer Partnerschaft ist das Zubettgehen eine tolle Sache, die meist bestimmten Ritualen folgt.

In der Ehe von Arne waren die Erwartungen zweigeteilt: Arne freute sich auf hemmungslosen Sex und Pennen. Auf was sich Annika freute, konnte Arne sich jetzt nicht mehr vorstellen. Hatte er eigentlich jemals eine Vorstellung davon gehabt? Aber das alles war deutlich vor der Geburt des Sohnes gewesen. Und während Arne sein Nachtgewand von splitterfasernackt gegen die klassische Unterhose mit räudigem T-Shirt eingetauscht hatte, wurden seine Erwartungen von langen Nachthemden niedergestreckt. Arne vermutete, dass diese komischen Omadinger nur aus dem Altkleidercontainer einer Amish-Familie entstammen konnten. Hochgeschlossen, mit Rüschen und Bändchen. Gedeckte Farben vermittelten – komplett das Gegenteil der Tierwelt – ganz klar: Flossen weg! Ein weiteres Accessoire bestand aus einem Buch oder einer Zeitschrift. Oder beidem. Irgendwann – Arne meinte sich zu erinnern, dass dieses Leseritual kurz nach der Flüchtlingskrise angefangen hatte – waren die Bücher beinahe zeitgleich mit den Nachthemden aufgetaucht. Das Schlimmste war jedoch, dass Annika immer laut daraus vorlas. Arne wollte nur nach der letzten Kippe auf dem Balkon schlafen.

„Hör mal, wusstest du, dass nur knapp zehn Prozent der Menschheit ein Bett haben?"

Arne hätte das ja einfach übergangen, aber Annika wollte eine Reaktion.

„Achwas?"

„Doch! Ist das nicht ungerecht?"

„Wir haben zwei - drei, wenn man das Sofa dazuzählt."

„Wir haben drei *was*?"

„Drei Betten."

Es folgte längeres Schweigen.

„Das hast du im Kopf, wenn ich dir erzähle, dass nur zehn Prozent auf der Welt ein Bett haben?"

„Ja?"

„Wolltest du eins davon abgeben?"

Arne musste überlegen.

„Okay, das Sofa gebe ich her. Wir holen uns dann ein Neues."

Das war es doch, was seine Frau wollte. Oder?

„Du verstehst das nicht, es geht um etwas ganz anderes."

„Um was geht es dann?"

„Es geht darum, wie ungerecht verteilt das alles auf der Welt so ist."

„Okay, und wenn ich das Sofa weggebe, habe ich etwas zur Gerechtigkeit beigetragen."

Annika wurde ungehalten.

„Das ist doch Quatsch! Wenn wir uns dann ein neues Sofa kaufen, ist der Ausgleich ja wieder hinüber!"

„Aber wieso das denn? Sagen wir mal, von hundert Menschen haben zehn kein Bett. Ich gebe einem das Sofa und dann sind es nur noch neun. Und wir haben ein neues Sofa."

„Ja, aber wenn du ein Neues kaufst, ist das Gleichgewicht ja wieder obsolet!"

Wo, um alles in der Welt hatte sie dieses Wort

her? Arne atmete tief durch.

„Willst du mir damit sagen, dass sich dieser eine Mensch, dem ich das Sofa schenke, dass der sich besser fühlt, wenn wir im Wohnzimmer auf dem Boden sitzen? Also, außer, dass er jetzt ein Top-Sofa geschenkt bekommen hat."

„Natürlich nicht!"

„Ja, aber, das hast du gerade gesagt!"

Annikas Stimme wurde eine Oktave schriller.

„Du verdrehst immer alles mit deinen Zahlen! Jedes Mal!"

„Das hat doch nichts damit zu tun! Außerdem hast du mit Prozent angefangen!"

Arne hatte bei diesen Gesprächen jedes Mal das komische Gefühl, als würden sie Karten spielen, und immer dann, wenn seine Frau mehr Karo als Pik auf der Hand hatte, wechselte sie willkürlich während des Spieles einfach die Trumpffarbe.

Wie kam man als Mann da hinterher? Einzig positiver Effekt war der, dass Annika an diesem Abend nichts mehr vorlas. Für Arne das Signal, sich auf die Seite zu rollen und einzuschlafen.

Freunde

Mit den Worten „Ich habe Jemand kennengelernt"
machte Bobby Frau Doktor auf komische Weise
glücklich.

Sie beugte sich über den Tisch wie ein neugieriger
Teenager und schaute ihn fordernd an.

„Ach, toll! Ein Er oder eine Sie?"

Bobby war empört und zynisch.

„Eine Sie natürlich! Ich bin heterosexuell, steht
das nicht in meiner Krankenakte?"

Frau Doktor winkte ab.

„Ich durfte schon die tollsten Sachen sehen! Ein
spätes Comingout, wer weiß das schon? Wie heißt
sie, wer ist sie?"

Frau Doktor nahm wieder diese Teenagerposition
ein. Bobby faltete die Hände in seinem Schoß.

„Sie heißt Isis und ist eine neue Nachbarin."

„Isis…" sinnierte Frau Doktor. „Was für ein
schöner und bedeutungsvoller Name!"

„Ja."

„Kommen Sie schon! Etwas mehr Begeisterung!
Wie sieht sie aus?"

„Ist das denn so wichtig? Ich dachte immer, es
geht um die inneren Werte?"

„Papperlapapp! Der erste Kontakt ist immer
visuell. Und es ist keine Schande, optische

Präferenzen zu haben. Und wie ist sie so?"

„Sie ist - nett."

„Nett, nett…, Wie sieht sie aus?"

„Sie ist sehr klein."

„Herr Sörensen, lassen Sie sich doch nicht alles aus der Nase ziehen! Blond, brünett oder gar eine Schwarzhaarige? Oder etwa rot?"

„Sie hat lange, blonde Locken."

Frau Doktor machte „Ah!"

Bobby wurde das zu blöd und er sagte das auch.

„Das spielt doch keine Rolle! Wir sind Freunde!"

Frau Doktors belehrender Zeigefinger kam zum Einsatz.

„Sie sagen, Sie haben Jemanden kennengelernt, nicht einen Freund, nicht eine Bekanntschaft, sondern Jemanden. Das impliziert verbal, dass da noch mehr ist, ohne, dass es in ihr oberes Bewusstsein eingedrungen ist. Bis jetzt."

Darüber musste Bobby erst einmal nachdenken.

„Und, haben Sie schon?"

Und als Bobby nicht verstand, fügte sie hinzu:

„Sex, Geschlechtsverkehr, Chaka-Chaka, gebumst, gevögelt, flachgelegt, gefickt?"

„Frau Doktor!"

Die war vollkommen unbeeindruckt.

„Das hätte mich auch gewundert! Seien Sie nicht

so verkrampft, hier bietet sich eine Chance, mit der Welt ins Reine zu kommen."

Sie dachte einen Augenblick darüber nach.

„Ja, es kann nur gut für Sie sein."

Frau Doktor warf den PC an und schaute etwas nach.

„Wir sollten die Medikamentierung etwas ändern, bei dem Zeug kriegen sie keinen hoch!"

„Ich …"

„Ich schreibe Ihnen etwas auf, das ist ein wenig leichter, dann können Sie auch!"

Sie machte eine Handbewegung, die Bobby nicht kannte.

Zeit

Für einen Menschen, der fremdgeht – egal ob Mann oder Frau – ergeben sich viele zu überwindende Faktoren. Einer der Wichtigsten davon ist die Zeit.

Schließlich trifft man sich ja mit dem Fremdgeh-partner und diese Zeit muss man von der Zeit, die man mit seinem angetrauten Partner und/oder seinem Job verbringt, abziehen. Und das möglichst glaubwürdig. Es ist sehr praktisch, wenn man Arbeit und Fremd gehen miteinander kombinieren und das Ganze unter Überstunden abbuchen kann. Das ist oft glaubwürdig und verbrämt die schändliche Tat zudem noch mit einem schlagenden Argument.

„Überstunden! Das tu ich alles nur für uns!"
Arne verfügte über diese Möglichkeit nicht. In seiner Arbeitsumgebung existierte keine leichtlebige Büromaus mit unklaren Beischlaf-gewohnheiten oder sonst irgendwie leichte Beute. Annika war ziemlich misstrauisch und würde ihm permanent hinterher telefonieren. Er musste sich also etwas möglichst Glaubwürdiges ausdenken. Arne verfügte über viel Fantasie und entwickelte ein wohl durchdachtes, blätterteigartiges Gebilde aus Lügen, das ihm die Zeit gab, genau das zu tun, wovor ihn seine Frau eindringlich gewarnt hatte: seinen Schniedel da hineinstecken, wo er gar nicht hingehörte. Und der Anteil an perfidem Schweinehund, den er in sich trug, legte noch eine Schippe Hinterhältigkeit obendrauf. Wenn man fest daran glaubte, man hätte die Denkart von Frauen verstanden, war das doch alles ganz einfach. Und Arne liebte Pläne und Listen.

Schritt No 1: Zurückhaltung
Der sonst so fröhliche Arne wurde still und verschlossen. Er aß kaum noch und blickte trübe

und wehleidig. Natürlich fragte ihn seine Frau, ob irgendetwas sei und seine Antwort bestand aus einem Nicht-so-tragisch-Abwinken und dem lapidaren Zusatz: „Bloß ein bisschen Ärger auf der Arbeit."

Schritt No 2: **Ehekuscheln** (Also ohne sexuelle Absichten)

Erst einmal die zu Hause edel verschmähten Ballststoffe mit reichlich Fastfood in der Stadt auffüllen und abends – ganz gegen seine sonstigen Gewohnheiten – mit der Gattin auf dem Sofa kuscheln. Nicht maskulin testosterös den Arm besitzergreifend um ihre Schulter legen, sondern traulich unisexy mit seinem Kopf an ihrer Schulter. Botschaft: „Ja, ich bin ein Mann, aber auch ich habe Gefühle, habe Schwächen und Unzulänglichkeiten!"   Ein tolles Signal!

Schritt No 3: **Das Gespräch**

Dramatisch musste es sein, unbedingt. Plakativ wie in einem Stummfilm ergriff Arne die Hand seiner Frau und sah ihr dackelmäßig tief in die Augen. Der Satz „Ich muss dir was sagen" impliziert bei gefährdeten Ehepartnern immer etwas Schreckliches. Nie einen Lottogewinn oder eine Beförderung.

Negativer Spannungsaufbau, Annika würden

Schreckensszenarien vor dem geistigen Auge aufflackern: ihr Mann hat eine andere, er hat Krebs, er ist schwul, er hat das Gefühl, er sei eine Frau im Körper eines Mannes, der ein Meerschweinchen sein will. Die Möglichkeiten waren gigantisch.

Diesen Satz ließ Arne einige Sekunden gären, um dann die eventuell aufkommenden negativen Gefühle hinwegzufegen wie ein Tornado in Wisconsin.

Dann der Satz: „Ich kann das nicht mehr, ich suche mir Hilfe!"

Beinahe jede ertragbar normale Frau empfindet diesen Satz als hoffnungsvoll und wohltuend, beinahe egal, was der Mann nicht mehr kann und wofür er Hilfe braucht. So auch Annika. Ihr Mann steht zu seinen Gefühlen, er will etwas zum Guten verändern, er sucht sich Hilfe. Und vielleicht, ganz vielleicht kann er auch weinen. Welche Frau will das nicht?

Ganz wichtig hierbei ist die Location. Wenn man sich auf ein langes Erklärungsgespräch einlassen will, ist das Bett ein guter Ort. Will man nur etwas kryptisch andeuten, erwählt man eher einen öffentlichen Ort, wie ein Cafe. Die nichtheimische Umgebung verhindert eine weitere Nachfrage.

Schritt No 4: Die Bombe

Nach diesem Eröffnungssatz, den Arne im Bett platzen ließ, gab es natürlich Fragen über Fragen.

„Ich will das nicht mehr! Ich will unsere Ehe retten. Ja, ich mache viele Fehler! Das will ich ändern."

Annika war berauscht von ihrem gefühlvollen Mann. Aber sie war auch misstrauisch.

„Lass uns eine Paartherapie machen!"

Damit hatte Arne jedoch gerechnet.

„Ich muss erst einmal selbst klarkommen und mein inneres Kind wiederfinden."

Arne hatte nicht den Schimmer einer Ahnung, was das Innere Kind sein mochte, aber er hatte es oft genug von Annika gehört. Annika war beeindruckt.

„Und was willst du machen?"

Schritt No 5: Der Therapeut

Arne hatte sich bereits im Vorfeld eine medizinische Fachkraft – in diesem Falle Frau Doktor van der Buur – ausgesucht und zog gleich einen Termin aus der Nachttischschublade. Schriftlich und verbindlich.

„Ich weiß ja nicht, ob wir das schaffen, aber ich will es versuchen."

Arne nahm gleich am nächsten Tag tatsächlich den Termin wahr, erschien pünktlich zur ersten und

einzigen Sitzung und erzählte Frau Doktor einen Haufen Scheiß. Er berichtete ihr von seinen Ängsten, rührte ein paar erfundene Kindheitserlebnisse unter und würzte das Ganze mit der einen oder anderen Katze ab, die ihm angeblich im Traum über den Weg gelaufen war. Fertig! In der Folge machte er seiner Frau weis, er müsse mindestens, also mindestens zwei, eher dreimal die Woche bei Frau Doktor aufschlagen. Er sei ein besonders schwerer Fall. Für Frau Doktor galt die ärztliche Schweigepflicht und sie durfte auch der Ehefrau nichts erzählen.
Bingobongo!

Sex

Bobby konnte jetzt dank der Tabletten von Frau Doktor zwar schlafen, der Preis dafür war jedoch sehr hoch. Zu hoch.

Da er sich von der ersten Pille an nicht an die empfohlenen Einnahmemenge gehalten hatte, sondern wie beim Roulette jedes Mal mit doppeltem Einsatz spielte, dümpelte er tagsüber herum wie ein alter Mann. Schon vorher hing er durch, aber mit diesen Neuroleptika hatte er bereits Probleme, auch nur die Kaffeemaschine zu bedienen - von den im Beipackzettel erwähnten schweren Maschinen ganz zu schweigen. Auto fahren hätte er auf jeden Fall nicht können. Bobby erwischte sich manchmal bei irrationalen Handlungen wie dem minutenlangen Herum-rühren in einer vollkommen leeren Tasse, und bemerkte es erst, wenn er sie zum Munde führte. Als sich diese Vorfälle häuften, setzte er kurzerhand die Tabletten für eine Woche ab. In dieser Zeit hätte er Isis gern bei sich gehabt, sie aber verweilte auf einer Fortbildung für Hypnose; Bobby erinnerte sich dunkel, dass sie so etwas erwähnt hatte.

Das mittlerweile vertraute Klopfen an der Innenseite des Schrankes blieb also aus.

Seit Bobbys letztem Besuch in der Praxis von Frau Doktor waren ein paar Wochen vergangen und so nutzte er widerwillig den vierten Tag seiner Einsamkeit zu einem überraschenden Besuch bei ihr. Telefonisch bekam er spontan einen Termin für den späten Nachmittag.

Frau Doktor gab sich mütterlich jovial.

„Sind Sie gut hergekommen, Herr Sörensen?"

Bobby zögerte.

„Mit der U-Bahn."

„Neinnein, ich meine nicht womit sondern mit

welchem Gefühl?"

Sie zückte einen Stift und blickte ihn über ihre Brille interessiert an.

„Schrecklich."

Ja, das fasste es ziemlich gut zusammen.

„*Wie* schrecklich?"

Und auf Bobbys fragenden Blick fügte Frau Doktor hinzu: „Auf einer Skala von eins bis zehn, also eins für, sagen wir mal…, eins für `geht so´, bis zehn, für `unerträglich`?"

Bobbys Lippen bewegten sich tonlos. Dann platzte es aus ihm heraus.

„Unten am Hafen haben mich die Möwen ausgelacht!"

Pause.

„Und diese Gesichter in der U-Bahn, diese Münder! Alle starren sie mich mit weit aufgerissenen Mäulern an, sodass man Dildos reinstecken könnte!"

Selbst Bobby merkte in seiner Verwirrung, dass der Begriff „Dildo" Frau Doktor auf eine komische Arttriggern könnte und besserte nach.

„Äh, Salatgurken!"

Aber das machte es kaum besser. Es war zu spät, Frau Doktor hatte Blut gerochen. Oder eben andere Körperflüssigkeiten.

„Dildos. Das ist sehr interessant. Empfinden Sie vielleicht Erregung beim Anblick weit geöffneter Münder?"

„Nein, ich…!"

„An was denken Sie dann?"

„An einen Zahnarzt."

Das war nicht das, was Frau Doktor sich erhofft zu haben schien. Sie zog den Stift aus dem Mund, an dem sie vorher geknabbert hatte.

„Sehen Sie, Herr Sörensen, viele Probleme haben ihre Wurzeln im sexuellen Bereich. Sex prägt unser ganzes Leben, ja, Sex ist sogar der Ursprung unseres Lebens, darauf baut alles auf."

Bobby konnte und wollte dazu wenig sagen. Frau Doktor war unbeirrt.

„Dann die ewige Jagd nach dem anderen Geschlecht!" Sie seufzte. „Zeugung, Kinder, Ehe, Familie – am Sex hängt *alles*. Wann haben Sie denn ihre Burschenschaft verloren?"

Bobby war auf diese Frage nicht vorbereitet. Und auch das Wort hatte er Ewigkeiten nicht gehört. Eigentlich war er auf gar nichts vorbereitet, aber darauf?

„Das tut doch nichts zur Sache!"

„Oh, doch! Wer von uns beiden hat denn hier studiert?"

„26…"

„So spät?!"

„Ja, so spät! Ich bin halt nicht so der Typ für …" Ja, für was? - „…sowas!"

„*Wie* nicht der Typ? Und was ist *sowas*?"

Bobby platzte der Kragen.

„Ficken, ich meine ficken!"

Provozierend griff er sich in den Schritt.

„Sollen diese 250 g dem Rest der 75 kg sagen, was sie zu tun und zu lassen haben?!"

Frau Doktor war schwer aus der Fassung zu bringen. Sie verzog nicht eine Miene.

„Fühlen Sie sich asexuell?"

Bobby bemühte sich, etwas runterzupowern.

„Ich hatte in der Pubertät ganz schlimme Akne, Pusteln und Pickel. Und so etwas mögen die Mädchen nicht, wenn man sich küssen will und ich supp dabei wie ein Leprakranker im Endsta-dium!"

„Und? War es schön?"

„Was?"

„Ihr erster Geschlechtsverkehr?"

„Nein, aber –!"

„Warum nicht?"

„Weil…, weil –…ist das erste Mal denn jemals schön? Man ist unsicher, man kennt sich nicht aus und weiß nicht einmal genau, was schön ist!"

„Und wer war die Auserwählte?"

Das war für Bobby zu viel.

„Habt Ihr denn alle nur DAS EINE im Kopf? Mein Schwager, Sie, meine ganze Umgebung ist voll mit Sex! Ewig dieses Anbaggern und Anmachen, nur, um sich nackt auszuziehen und ...!"

„Und?"

„Überall werden einem Titten und Ärsche hingestreckt, wohin man sieht! Muschis und Schwänze! Jeder Fernsehsender funktioniert mit Sex!"

Frau Doktor hatte wieder den Stift in ihren Mund gesteckt.

„Und was empfinden Sie dabei?"

„Also, wenn Sie das nicht -!"

Bobby brach mitten im Satz ab. Er dachte an das kleine Mädchen, dass ihn in der U-Bahn die ganze Fahrt über angestarrt hatte. Das durfte er Frau Doktor nicht erzählen. Wer wusste schon, was sie daraus machen würde?

Frau Doktor forderte ihn auf, den abgebrochenen Satz zu Ende zu bringen. Bobby konnte es nicht.

„Sehen Sie, Herr Sörensen – oder darf ich Bobby sagen? Wo wir doch schon so intim sind?"

Ohne eine Zustimmung abzuwarten, fuhr sie fort.

„Ich sehe eine Chance für Sie, lieber Bobby. Sie

müssen diese sexuelle Frustration loswerden. Ich bin ganz sicher, dass würde Ihnen helfen. Was hat sich denn mit der Nachbarin so entwickelt?"

„Wir sind Freunde."

„Pah! Freunde! Immer noch! Liebe ist das, was zählt! Liebe und Sex und Hingebung! Orgasmen! Das ist nicht das Salz in der Suppe – das *ist* die Suppe! Freundschaften sind doch völlig überbewertet, das ist dann eher so eine Art Sex light. Man kennt sich, man mag sich, ja, auch. Aber wenn man nicht den starken Drang hat, jemand tief in sich zu spüren, ist das doch alles Pillepalle!"

Bobby hatte das untrügliche Gefühl, dass Frau Doktor von sich sprach. Und sie schien es auch zu bemerken.

„Oder in jemand drin zu sein." ergänzte sie.

„Deswegen heißt es ja *tiefe* Liebe!"

„Und was ist mit einer tiefen Freundschaft?"

„Ich sagte doch: völlig überschätzt!"

Es wurde dringend Zeit für einen Themenwechsel.

„Ich habe die Tabletten mal abgesetzt."

Sofort wurde Frau Doktor wieder geschäftlich.

„Oh, nein, Sie sollten unbedingt dranbleiben. Sie können doch weiterhin nicht schlafen, oder?"

Sie wartete keine Antwort ab und stellte auf ihrem PC ein Rezept aus.

„Kommen Sie denn mit den Nebenwirkungen klar?"

„Ich laufe tagsüber wie auf Eiern."

„Das ist total normal. Halluzinationen?"

„Ich verstehe nicht?"

„Sehen Sie manchmal Dinge, die gar nicht da sind?"

„Wie kann ich wissen, dass die Dinge, die ich sehe, gar nicht da sind?"

„Da haben Sie auch wieder recht. Ich habe Ihnen auf jeden Fall mal die große Packung aufgeschrieben."

Arsch

Endlich schien der Anus des Chefs so weit geöffnet zu sein, dass Arne hineinschlüpfen konnte.

Jetzt!

Jetzt?

Zumindest war er ausreichend geschmiert, da konnte er sich nichts vorwerfen.

Arne knallte akkurat die sorgfältig zusammengelegten Papiere auf den Schreibtisch, sodass sie schön Kante auf Kante lagen.

„So, Herr Dr. Meiser, das sind die Verträge. Ich habe sie genau geprüft und es sieht alles gut aus."

Arne hatte den Beruf des Rechtsanwalts oder Notars nicht erlernt, er war sozusagen ein Quereinsteiger. Und er glaubte fest daran, dass er sich einfach mehr Mühe gab als die Damen und Herren Studierten. Er war immerhin ein Mann, das verdoppelte seine Chancen erheblich.

Wie ein Künstler verneigte sich Arne leicht. Wenn Arne das tat, sah es zwar mehr nach Oberkellner aus, aber Dr. Meiser schien zufrieden. War jetzt bereits der Zeitpunkt? Arne war unsicher. Der Zeitpunkt musste genau abgepasst werden, es gab nach Arnes Meinung nur eine Art Zeitfenster, in dem der Anus weit geöffnet direkt vor seiner Nase schwebte. Der Chef musste gut gelaunt sein, die Geschäfte mussten reibungslos laufen, die Sonne musste scheinen – so genau wusste Arne das nicht, es war mehr ein Gefühl. Aber sicherlich waren das Parameter, die erst erfüllt sein mussten.

„Herzberg, das haben Sie gut gemacht!"

Meiser gehörte zu den Dynamischen. Er stand vom Ledersessel auf und platzierte eine Hinterbacke jovial auf der Tischplatte.

„Wann haben Sie das denn vollbracht? Wir waren doch im Verzug?"

Errötete Arne? Irgendwie schoss es warm in sein

Gesicht. Meiser schien nichts zu bemerken.

„Heute Nacht!"

Meiser staunte.

„Ja, Herzberg, haben Sie denn gar kein Privatleben?"

„Meine Frau ist die Firma!"

Kein Wort wahr, es ging doch nur um Geld.

„Na, das will ich nicht für Sie hoffen, dass das alles ist!"

Arne tat leicht verlegen. Er wechselte das Thema.

„Ich habe Ihnen Ihre Buttermilch in den Kühlschrank gestellt."

„Ach, Herzberg!"

Na, wenn das nichts war, so ein Lob vom Chef. War es schon soweit? War der Anus endlich so weit gedehnt, dass er mühelos hineinschlüpfen konnte? Einzige noch mögliche Barrieren waren vielleicht noch eine Zyste oder ein Geschwür. Wie lange hatte er daran gearbeitet, wieviel Buttermilch Dr. Meiser in den Hintern, hoppla, Kühlschrank gesteckt? Und nicht nur Buttermilch, auch Theaterkarten besorgt, die er aus eigener Tasche bezahlt hatte, Überstunden, Blumen für die werte Gattin, und einen Tisch in einem sehr beliebten Restaurant reserviert. Und, und, und. Und wenn er erst einmal in das Rektum seines

Chefs geflutscht war, würde er da nie wieder herauskommen. Er würde es sich gemütlich machen und wenn Dr. Meiser nach Hause ginge, müsste er Arne mitschleppen. Also konnte er seinen Chef jetzt fragen, oder was?

„Bitte nehmen Sie ein Glas für die Buttermilch, wir wollen doch nicht die seidene Krawatte von ihrer Frau ruinieren."

Genau im Ton der Krankenschwester, die fragte, ob man heute bereits abgeführt habe, genau so kam dieser Buttermilchsatz. WIR wollen doch die Krawatte nicht ruinieren.

Dr. Meiser schien verstimmt. Wie ein Seismograph nahm Arne jede veränderte Schwingung sofort wahr. Komisch, bei Annika funktionierte das nie so reibungslos.

„Ich kann diese Krawatte nicht ausstehen!"

Arne eigentlich auch nicht, aber das hätte er nie zugegeben. Nun gut, gelbe Entchen auf himmelblauem Grund waren nicht jedermanns Sache. Aber Arne würde sich nie...

Dr. Meiser fummelte am starren Knoten des ehefraulichen Geschenkes und zerrte ihn auf. Jetzt siehst du aus wie ein Penner, der das Ding gefunden hat, dachte Arne. War Dr. Meisers Ehe am Wackeln? Arne beschloss, die Enterung des

Arschlochs seines Chefs für den aktuellen Augenblick zu verschieben. Denn wenn das schiefginge, war seine Chance dahin; das zumindest bildete er sich ein. Die Tür flog auf, ohne dass der Besucher angeklopft hätte und Philipp Klottke trat schwungvoll ein.

„Chef, was ist das denn für ein Scheißschlips?" Meiser sprang auf und reichte Philipp die Hand. „Philipp, Sie alter Schwerenöter, hatten wir einen Termin?"

Philipp wedelte diese Frage weg und setzte sich auf den Schreibtisch. Saßen alle diese Erfolgstypen immer auf dem Schreibtisch?

Klottke beachtete Arne kaum, er nickte ihm nur minimal zu. Arne reagierte gar nicht. Philipp, Philipp! Jetzt nennt Meiser ihn beim Vornamen! Zu ihm würde der immer nur Herzberg sagen. Nicht *Herr* Herzberg, sondern nur Herzberg, wie bei der Bundeswehr. Und da war es schon wieder.

„Herzberg, Sie können jetzt gehen, wir haben alles, was wir brauchen!"

Nehmt Euch doch ein Zimmer, dachte Arne. Das war ja schon eklig, wie der blöde Klottke sich benahm. Schleimscheißer! Klottke war in Arnes Augen kein richtiger Mann, eher so ein geleckter Patschehändchenhalter, so ein Trottel, der mit

Blumen am Flughafen auf eine Frau wartet, einer, der Frauen die Tür aufhält und sie „Gnädige Dame" nennt. Wahrscheinlich war der schwul oder mindestens bi, anders konnte sich Arne in seiner Welt die sauberen Fingernägel und den aufdringlichen Parfumgestank, den Klottke verbreitete, nicht erklären. Na, dachte Arne, dann kennt er sich ja mit Arschlöchern aus. Der war wohl schon viel tiefer eingedrungen.

Das war es für heute also. Der Arsch des Chefs schien erstmal geschlossen. Er würde den besseren Job nie bekommen!

Raus

Es klopfte wieder einmal an die Schranktür und Bobby freute sich darüber. Ein großer Plan: Bobby würde heute die Wohnung verlassen. Und das nicht, um in die Praxis zu Frau Doktor zu fahren, oder in einer anderen Stadt Absolution zu erhalten, nein, ganz einfach nur so. Hinausgehen um draußen zu sein. In Bobbys Augen ein kühner und irgendwie zweckfreier Plan, aber Isis duldete keinerlei Wiederspruch. Dann hatte sie den vollen Mülleimer in seiner Wohnung bemerkt und ihm angeboten, den stinkenden Inhalt mit hinunter zu bringen, sie würde ja sowieso… Und entdeckte dabei die Reste von Verpackungen.

„Du isst so was?" fragte sie ungläubig und hielt dabei mit spitzen Fingern einen Pizzakarton hoch.

„Und das hier auch?"

Lasagne, ALDI.

„Und das?"

Königsberger Klopse mit Kapern, LIDL.

Als konnten die Backtriebmittel und naturidentischen Aromastoffe auf sie überspringen wie Zecken, streckte sie ihren Arm weit von sich.

„Ja."

„So wird das nichts!"

Isis krempelte die Ärmel hoch und öffnete den Kühlschrank.

„Hier würde ja nicht einmal eine Kakerlake was zum Futtern finden!"

Bobby schwieg. Aber er musste etwas sagen.

„Ich geh halt nicht gern einkaufen und ich kann nicht kochen. Und man kann so leicht bestellen."

„Ja, aber das hier ist Dreck, Industriedreck! Das *darf* man nicht essen! Okay, Planänderung: Wir gehen in den Park und holen hinterher etwas aus dem Supermarkt. Kochen kann jeder."

Im Park erklärte sie dann Bobby, wie wichtig essen

und trinken sei.

„Du bist, was du isst, so einfach ist das."
Solche Dinge sagte sie oft, eine von vielen,
schlichten Redewendungen, die Bobby unter
anderen Umständen gehasst hätte. Bei Isis klang
es aber auch genauso – ganz einfach. Sie saßen
auf dem feuchten Gras, Isis hatte darauf
bestanden, obwohl Bobby sich lieber auf einer
Parkbank platziert hätte.

„Nein, lass uns die Natur spüren!"
Sie zeigte auf Blüten, Insekten und Blumen und
freute sich darüber wie ein Kind.

„Hier!" - sie wies auf einen unscheinbaren Käfer –
„ – einer unserer Schutzbefohlenen!"
Behutsam ließ sie den graubraunen Kerl auf ihre
Hand krabbeln und brachte ihn in einem Gebüsch
aus der vermeintlichen Gefahrenzone. Dann
lehnte sie sich, für Bobby etwas unerwartet, an
seine Schulter. Isis schien zu merken, dass Bobby
irritiert war.

„Alles okay?"
Bobby zog sie wieder an sich.

„Alles okay."
Im Supermarkt kauften sie hauptsächlich frisches
Obst ein, Vollkornbrot und Honig. Dann entdeckte
Isis einen Stoß Hemden.

„Wie wär`s? Mal weg von deinem Graue-Maus-Image!"

Sie hielt ein knallgelbes Stück mit einem albernen Logo drauf an seine Brust.

„Was hast du, L oder XL?"

„M."

„Wir nehmen mal L. Hoffnungsvoll."

Bobby wollte streiken, aber jetzt war er schon bis hierhergekommen, warum nicht diesen einen neuen Schritt gehen?

Abendessen

Familiäres Abendessen und Annika hatte gekocht.

Und das war immer schrecklich für Arne.

Er war es gewohnt, unterwegs einen Happen zu essen und versuchte, solche Mahlzeiten tunlichst zu vermeiden, aber das funktionierte nicht immer. So wie heute.

Annika war etwas aufgekratzt.

„Und, willst du gar nicht fragen, was beim Arzt war?"

Arne verzog das Gesicht zu etwas, das man schwer einordnen konnte.

„Es ist doch hoffentlich alles in Ordnung da unten?"

Er machte mit der Hand eine kreisende Bewegung in der ungefähren Beckengegend.

„Da unten?" fragte Annika in verändertem Tonfall. Arne legte den Löffel weg. Das war beinahe ein Genuss, er war froh, dieses Essen unterbrechen zu dürfen, die Soße war grauenvoll. Wo war das Salz? Aber Annikas Signale waren klar, es gab keinerlei Zweifel: Sie wollte reden, sie wollte Anteilnahme. Okay, das hatte er drauf! Der abgelegte Löffel signalisierte deutlich, dass er sich jetzt gaaanz auf sie konzentrieren würde, ihre Gesundheit, ihr Frau sein, was immer das sei. Ihm graute.

„Dr. Fimmel hatte etwas Bedenken nach der letzten Krebsvorsorgeuntersuchung."

Alles in Arne lehnte bereits dieses Wort ab und er verkniff sich erfolgreich einen blöden Witz auf den Namen Dr. Fimmel.

„Und da musste dann ein Abstrich gemacht werden. Von der Gebärmutterschleimhaut."

Wenn Arne ein Wort mehr hasste als Krebsvorsorgeuntersuchung, so war dies sicherlich Gebärmutterschleimhaut. Oder Abstrich. Und es passte so gar nicht zu Spaghetti Bolognese.

„Aber jetzt ist alles okay?"

„Die Gewebeproben wurden eingeschickt und das Ergebnis hat er mir heute gegeben. Es ist alles in

94

Ordnung!" verkündete sie nicht ohne Stolz.

Arnes Repertoire beinhaltete einiges an Mimik, aber einen Muskelbefehl speziell zu dieser tollen Nachricht hatte er nicht drauf. Er entschied für den Unsere-Mannschaft-ist-im-Endspiel-Gesichtsausdruck und hielt zwei Daumen hoch. Annika schien das nicht zu bemerken, oder sie ging darüber hinweg.

„Willst du noch, mein Schatz? Du hast ja gar nichts gegessen?!"

Arne war gerettet. Vorerst.

Der Begriff Gebärmutterschleimhaut schien genau das geweckt zu haben: den Mutterinstinkt. Und der konzentrierte sich jetzt auf das blöde Kind, das soßenverschmiert in seinem neuen Schlafanzug mit kleinen Flugzeugen drauf und ohne jegliche Körperspannung am Tisch lungerte.

„Ich hab keinen Hunger, ich hab doch schon was gegessen!"

Annika richtete sich auf.

„Was hast du denn gegessen?"

Das blöde Kind zeigte auf Arne.

„Papa hat mir Chips gegeben!"

Petze.

„Du hast *was*?"

Annika war sauer. Und wenn sie sauer war, war

sie sauer.

„Das war doch bloß eine Handvoll, mehr nicht!"

„Du weißt, dass ich sehr genau auf Noahs Ernährung achte und du torpedierst es jedes Mal, jedes Mal!"

Was hätte Arne jetzt dafür gegeben, ein wirklich psychisch kranker Ehemann zu sein! Aber er hatte eine Idee!

„Frau Doktor sagt, ich solle mich freier fühlen."

„Und das bedeutet, dass du unseren Sohn vergiftest?"

„Du übertreibst maßlos!"

Annika schwieg und schien sich zu besinnen. Außerdem war ihr der Ablauf dieser Gespräche durchaus unangenehm vertraut. Und schließlich ging ihr Mann zu einer Therapie, das musste man auch würdigen.

„Wie läuft es denn?"

„Was?"

„Na, deine Sitzungen bei Frau Doktor?"

Na, also!

„Die Dame ist sehr gründlich, wir sind jetzt in der sechsten Klasse."

„Was heißt das denn?"

„Ich hab dir doch mal erzählt, dass mich so ein Sportspasti damals so was von gemobbt hat. Im

Klo eingesperrt, die Unterhose rausgerissen, das volle Programm!"

„Das hast du mir nie erzählt. Wie hieß denn der Typ?"

Ein Name musste her!

„Du hörst mir eben nicht zu!"

Ha, des Weibes eigene Waffen!

„Tobias Scheffler, das Schwein!"

Annika kaute ihre Nudeln exakt 28 mal durch und sie nutzte die Zeit, eine kleine, nachdenkliche Falte auf ihrer Stirn zu formen.

„Und was hat das mit deinem Problem zu tun? Und was ist eigentlich dein Problem?"

Arne atmete tief durch.

„Das darf ich dir nicht sagen."

„Wieso das denn?"

„Teil der Therapie. Und ärztliche Schweigepflicht."

Das Kind meldete sich.

„Mama, was ist denn eine Tapie?"

„Therapie, mein Schatz. Papa hat etwas Probleme mit –"

Seinem Schwanz, beendete Arne den Satz in Gedanken. Aber das Kind wurde angelogen. Kinder kann man anlügen.

„- Äh, auf der Arbeit."

„Und dann kriegt er eine Tapie?"

„Therapie, mein Schatz. Ja, dann kriegt er eine."
Damit schien Annika vorerst zufrieden zu sein. Erst
einmal. Also eher Waffenstillstand als Frieden.
Frieden fühlte sich anders an. Und sie grübelte,
Arne sah das an den Grübchen in ihren Wangen,
die er einst so geliebt hatte. Heute waren sie eine
Anzeige für Ärger oder keinen Ärger. Das war kein
gutes Zeichen. Abends vor dem Schlafen gehen,
fiel dann der Satz: „Sag mal, hast du
zugenommen?"
Angesichts der von Arne aus psychischen Gründen
verweigerten, familiären Abendessen, war das
schon komisch. Er hatte es wohl mit dem Fastfood
etwas übertrieben. Er sah an sich hinunter. Wenn
das so weiterginge, würde er in Zukunft nach
Gehör pinkeln müssen. Eine Idee musste her.
„Mein Körper verändert sich gerade. Zeller-
neuerung und Midlife-Crisis."
„Das sind aber eine Menge neuer Zellen! Und du
bist doch noch keine 40?"
„Sagt Frau Doktor!"
Dieser vermeintliche Trumpf entwickelte sich
dann über Tage und Wochen, bis er als Joker für
nahezu alles eingesetzt werden konnte.
Vergessen, das Kind aus der Kita abzuholen?
Verdrängungsmechanismus. Sagt Frau Doktor.

Nicht eingekauft, wie ihm aufgetragen? Verweigerung der Nahrungsaufnahme, weil er – unterschwellig – mit seinem neuen Körper nicht zufrieden war. Sagt Frau Doktor. Es nahm bizarre Formen an. Zu bizarr für Annika.

„Hör mal, ich würde dir so gerne bei der Bewältigung deiner Probleme helfen. Ich werde mal mit der Doktorin reden, ob ich mich da nicht einbringen kann. Es geht schließlich um uns."

Das, genau das musste unbedingt verhindert werden! Sonst würde Annika eventuell herausfinden, dass er lediglich eine Dreiviertelstunde auf dem Stuhl der Selbsterkenntnis Platz genommen hatte. Er wurde laut.

„Nein, das will ich nicht! Ich hab ja ne Tonne Verständnis für dein Frausein, oder wie das heißt! Aber das hier ist meine Sache, ganz persönlich meine Sache, meine Macker-Sache, meine Eier-Sache! Du kannst mir vielleicht sagen, was ich machen soll, aber nicht wie!"

„Aber wir sind doch miteinander verheiratet! Wir sollten ein Team sein?!"

„Wenn ich durch bin. Vielleicht. Sagt Frau Doktor."

Von da an sprach Annika dieses Thema nicht mehr an, vorerst. Arne fühlte sich jedoch von diesem Gespräch an im Fokus seiner Ehefrau. Vielleicht sollte er, nur sicherheitshalber, doch noch mal für eine Stunde in die Praxis gehen.

Liebe

Bobby hätte auch erkältet sein können, oder irgendetwas Lateinisches ausbrüten, jedenfalls war ihm seine neue, körperliche Reaktion völlig unbekannt. Er steckte sich ein Fieberthermometer in den Mund, starrte sich minutenlang im Badezimmerspiegel in die geweiteten Pupillen und betrachtete sorgenvoll das qualvoll Erhustete im Waschbecken. Ihm war heiß, ihm war kalt. Er kam nicht drauf. Aber es ging ihm generell nicht gut, so wie er es beschlossen hatte, insofern konnte er dies ohne Weiteres noch obendrauf packen. Da wusste er wenigstens warum. Die neuen Symptome konnte er jedoch nicht zuordnen. Bis ihm auffiel, dass es immer dann schlimmer wurde, wenn Isis bei ihm gewesen war. Und das geschah mittlerweile regelmäßig.

Isis hatte sich gewissermaßen in sein Leben geschlichen. Schon wegen der schrecklichen Rückführungsprotokolle, die sie besprechen mussten. Aber auch so klopfte es immer wieder an der Innenseite des großen Schrankes und Isis

hatte immer irgendeinen oft belanglosen Grund,
Bobby etwas zu fragen, zu erzählen, zu berichten.
Sie war wie ein kleiner, bunter Vogel in den
Schwarzweißfilm seines Lebens geflattert, sang
und trällerte unbeschwert und fröhlich.
Bobby ließ sie.
Isis wollte zwar im Grunde ihres Herzens jeden
Delphin, jede Grille und jeden Baum retten,
machte jedoch keine Mission daraus. Sie
versuchte nie, Bobby zu etwas zu bewegen, was
ihm nicht lag. Und aus irgendeinem Grunde
verfügte sie über den untrüglichen Instinkt, zu
spüren, wann und wo diese Linie erreicht war.
Das, was sie sagte, war nicht immer
waaaahnsinnig wichtig oder von der
sprichwörtlichen ungeheuren Tragweite, ganz im
Gegenteil.
„Hast du gesehen? Es wird Frühling! Ach, ich *liebe*
den Frühling! Endlich wird alles wieder grün!"
Nie sprach sie schlecht über irgendjemanden, nie
lästerte sie. Ein Standardsatz von ihr war: „Ach,
der/die/das hatte es bestimmt auch nicht leicht."
Für jedes Wesen in diesem Sonnensystem hatte
sie eine Art mitleidige Entschuldigung, eine
Erklärung, die sie zwar traurig machte, ihr jedoch
beim Verstehen der Welt ungemein half. Bobby

fragte einmal, wie sie das schaffte, so positiv zu sein. Ihre Antwort war so klar wie naiv:

„Es *soll* alles so sein. Sonst wäre es ja anders!"
Auf Bobbys Nachfragen ergänzte sie: „Du hast selbst gefragt!" Sie drohte ihm lachend mit dem Finger. „Beschwere dich nicht über die folgende Antwort!"

Und als Bobby beinahe lachend zustimmte, sprach sie das aus, was ihr Leben zu einem großen Teil zu bestimmen schien.

„Wenn wir auf die Welt kommen, sind die Umstände so unglaublich unterschiedlich. Du wirst hineingeboren in ein Geschlecht, eine Kultur, eine Sprache, eine Familie, eine Religion, wenn du Pech hast, ein Sternzeichen. Und so vieles mehr. Wir können das nicht überblicken. Und unser Einfluss auf unser Leben ist gering. Wir können nur zwischen den einzelnen Knackpunkten entscheiden. Die Kunst ist, diese Knackpunkte zu erkennen."

Das war nicht einmal für Bobby zu subtil.
Wo war *sein* Knackpunkt? Und würde er erkennen, wenn es Zeit wäre zu handeln?
Mittendrin erleuchtete in ihm dieses Gefühl, diese Wärme. Au seiner Emotionsdatenbank konnte er eine Szene aufrufen, deren Bild ihn verstörte. Als

er eingeschult wurde, hatte er neben Vivian gesessen. Lange, dicke, blonde Zöpfe und die Art, wie sie sich die Strumpfhose bis unter die Brustwarzen zog, hatten ihn damals berührt. Oder so. Was einen Erstklässler eben so fasziniert.

War das mit diesem Gefühl jetzt vergleichbar? Nein, aber es schien eine Überschneidung zu geben. Und letztlich musste sich Bobby eingestehen: Er war wohl verliebt.

Und er musste es Isis sagen. Oder?

Zugfahren

Frau Doktor wäre nicht Frau Doktor, wenn es bei Tabletten und einer oberflächlichen Befragung geblieben wäre.

„Es ist ja nicht so, dass das alles ist, ich musste mich bloß erst eingrooven."

Bobby fand diese Aussage sehr unprofessionell, wie vieles an Frau Doktor, aber was wusste er denn schon?

„Ich bin auch Sexualtherapeutin, aber ich denke, das ist noch zu früh für Sie."

Es war fast eine Frage und ihr dazu gelieferter Gesichtsausdruck ließ Bobby Schlimmstes ahnen.

„Nein, eher nicht."

Die Spannung verließ Frau Doktors Körper, und sie sagte: „Das habe ich mir gedacht. Der Punkt ist, wir müssen einen neuen Ansatz finden, einen Ansatz, der Ihnen die Möglichkeit gibt, alles wieder gut zu machen. Es wäre sehr viel einfacher, wenn Sie mit Ihrer kleinen Freundin vögeln würden, aber das schieben wir erst einmal auf."

Wie sollte er das denn verstehen? Und wieso *wir*?

Frau Doktor fischte eine Akte heraus.

„Sie kennen den Namen des Opfers?"

Bobby schluckte, aber der Kloss in seinem Hals verhinderte eine Antwort. Er nickte.

„Frau Katrin Behrens. Sie war damals verheiratet mit Gerrit Behrens. Es war ihr erstes Kind."

Bobby sprang auf.

„Ist das auch Teil der Therapie? Mich zu quälen?"

Der Stuhl war umgefallen und er stand da mit erhobenen Fäusten.

„Hab ich nicht genug gelitten?"

Frau Doktor blieb ganz cool und bewegte sich nicht einen Millimeter von ihrem Sessel weg.

„Doch, natürlich! Aber das Leid dauert an und das müssen wir ändern. Herr Sörensen! Seien Sie ein Mann!"

Zögernd setzte er sich wieder. Er war erschöpft.

„Ich bin ein großer Freund der Konfrontation. Nur,

wenn wir die Dinge benennen, haben wir einen Einfluss darauf. Solange wir das nicht tun, solange das Kind keinen Namen hat, ist nichts greifbar. Und bei Ihnen ist der Name Katrin Behrens. Oder eben Gerrit Behrens. Haben Sie mal Kontakt mit dem Witwer aufgenommen?"

Bobby presste ein tonloses „Nein" heraus.

„Das dachte ich mir! Aber das sollten Sie tun, unbedingt! Wenden Sie sich von Ihrem Leid ab und schauen Sie auf das Leid der anderen."

Bobby verstand kein Wort.

„Und wie soll mir das helfen? Feuer und Gegenfeuer? Ich bin schuld am Tod seiner Frau und seines Kindes! Ich würde mich an seiner Stelle töten!"

„Ja, ja, das könnte durchaus sein, aber irgendwas ist ja immer."

Sie lachte dazu. Wie konnte sie lachen?

„Nein, ich habe recherchiert. Oder besser recherchieren lassen. Herr Behrens ist wieder verheiratet, hat zwei Kinder und lebt in der Kreisstadt. Sie sollten sich mit ihm aussprechen."

Und das war so ziemlich das Letzte, was Bobby wollte. Oder seiner Meinung nach konnte.

„Ich gebe Ihnen mal die Adresse."

„Vielleicht sollte ich ihn vorher anrufen?"

Frau Doktor winkte ab.

„Davon halte ich nichts. Die direkte Konfrontation ist wichtig, ohne Wenn und Aber."

Damit beendete Frau Doktor die Unterredung.

Bobby fühlte sich dazu nicht imstande.

Was für eine Vorstellung! Er verzieh sich ja selbst nicht, wie sollte der Ehemann und Vater des ungeborenen Kindes ihm verzeihen?

Er selbst würde sich ohne Zweifel umbringen. Frau Doktor hatte erwähnt, dass Herr Gerrit Behrens wieder verheiratet sei. War das ein Zeichen von Vergangenheitsbewältigung? Oder Verdrängen, Verzeihen? Herr Behrens war damals als Nebenkläger aufgetreten, Bobby hatte ihn während der Verhandlung nicht wahrgenommen, aber er hielt auch den Kopf die ganze Zeit gesenkt. Er versuchte, sich ein Treffen vorzustellen.

An der Haustür? Wo sonst? Bobby würde sein Anliegen vorbringen. Und schon würde das nicht mehr funktionieren. Was war denn sein Anliegen? Was wollte er denn? Absolution? Und wenn das schiefginge? Bobby musste mit irgendjemandem darüber sprechen, und wie verabredet klopfte es am Abend von innen an der Schranktür. Isis.

Isis tat, als wäre sie in Bobbys Wohnung zuhause. Anfangs störte ihn das, aber Isis machte das mit so einer überwältigenden Frische, mit der sie ihn regelrecht überfuhr, dass er nichts dazu sagen konnte. Außerdem verboten ihm die wohlgenährten Schuldgefühle dem weiblichen Geschlecht gegenüber, ihr Einhalt zu gebieten. Sie öffnete wie selbstverständlich eine Küchenschranktür und nahm sich ein Wasserglas heraus. Bobby kaute auf Worten herum.

„Ich muss dir was erzählen. Ich muss dir erzählen, was ich getan habe."

Isis setzte sich an den Küchentisch.

„Ich muss das nicht wissen. Nur, wenn du unbedingt willst."

Bobby wollte.

„Ich habe eine schwangere Frau überfahren. Ich war betrunken, und ich habe Fahrerflucht begangen."

Isis schwieg. Und dann machte sie komische Geräusche. Es dauerte, bis Bobby realisierte, dass sie weinte. Sie konnte nichts sagen, und Bobby sah die Tränen wie Bäche über ihre Wangen rinnen.

„Warum weinst du?"

Es war eine blöde Frage, aber er war so hilflos – was konnte er da tun?

„Ich weine um euch alle."

Sie stand auf, suchte in einem Schrank und fand Teelichte. Sie zündete ein gutes halbes Dutzend an und stellte sie auf die Mitte des Küchentisches.

„Das ist für die Leidenden."

„Es waren nur zwei Menschen."

„Nein, es hängen immer viele mehr Menschen daran, wenn eine geliebte Seele gehen muss. Die hier sind für alle."

Sie starrte gedankenverloren in die Flammen.

„Meine Therapeutin sagt, ich sollte den Witwer besuchen und mich mit ihm aussprechen."

Isis wischte die Tränen weg. Sie war sofort wieder da.

„Ich finde das gar nicht so verkehrt. Du musst einen Abschluss finden, es muss ein Ende haben. Und was soll dir schon passieren?"

„Dass er mich abknallt."

„Ach, Quatsch! Wird schon schiefgehen!"

Dazu lachte sie.

„Ich komme gern mit, wenn du willst, sozusagen als moralische Unterstützung. Ich komme nicht mit rein, aber ich warte draußen. Wo musst du denn hin?"

„In die Kreisstadt. Ich muss mit dem Zug fahren."

„Wann?"

Bobby zögerte. Am liebsten hätte er gesagt: – NIE.

Er sagte jedoch todesmutig: „Morgen?"

Und so kam es, dass sie am nächsten Tag um 16 Uhr am Bahnhof standen. Bobby löste eine Fahrkarte und sie stiegen ein. Im vorderen Bereich hatten sich ein paar Bundeswehrsoldaten breit gemacht und sie grölten und warfen leere Bierdosen auf den Bahnsteig.

„Fick dich, Greta Thunberg!" Sie drängten sich hindurch und Bobby hatte eigentlich erwartet, dass von den Männern ein blöder Spruch kam oder ein Pfeifen, aber nichts geschah. Isis drückte sich lächelnd und möglichst kontaktarm durch die olivgrünen Leiber. Sie fanden weiter hinten ein leeres Abteil und richteten sich ein.

„Wie lange fahren wir?"

„Etwa eine Stunde."

Bobby war in seiner eigenen Umgebung schon alles andere als entspannt, hier im Zug war er gefühlt in Feindesland. Isis machte es sich bequem. Sie zog ihre Jacke aus und deponierte eine Tasche auf dem Sitz neben sich. Sie schwiegen und sahen aus dem Fenster. Endlich sprach Isis das aus, was Bobby seit gut 36 Stunden durch den Kopf quälte.

„Was willst du denn sagen? Ich meine zum Witwer."

Bobby hatte keinerlei Antwort, er hatte alles schon durchgespielt und kein Satz konnte irgendwie das ausdrücken, was er empfand.

„Ich weiß nicht. Es tut mir leid?"

Isis sah ihn an.

„Im Grunde läuft es darauf hinaus, aber die Menschen wollen meist mehr Worte, mehr Details."

„Ich hab keine!"

„Du müsstest dich ja erst einmal vorstellen, und dann sieht man weiter. Wie lange ist das jetzt her?"

„Beinahe fünf Jahre. Und der Witwer ist wieder verheiratet und hat zwei Kinder. Ich bin richtig schlecht beim Improvisieren."

Isis senkte den Kopf.

„Dann wirst du den alten Schmerz wieder aufwühlen."

„Ja."

Bobby konnte nichts weitersagen.

An der nächsten Haltestation stiegen die besoffenen Landesverteidiger aus und es wurde ruhiger im Zug. Als Isis kurz auf der Toilette war, betrat ein älterer Herr mit Hut das Abteil.

„Entschuldigen Sie, könnten Sie sich bitte ein anderes Abteil suchen?"

Der alte Mann schaute ihn von unten herauf an, schüttelte den Kopf und schloss die Schiebetür wieder von außen. Isis kam fröhlich zurück und fischte aus ihrer großen Tasche ein paar Cupcakes. Sie bot Bobby einen an, aber Bobby wollte nicht.

„Danke, mir ist schon schlecht."

Isis knabberte an einem Kuchen.

„Wir sind gar nicht so verschieden. Auch ich habe einen Menschen getötet."

Bobby blieb die Spucke weg. Dieses zarte Geschöpf? Sie sprach fast ohne Ton in den Kuchen hinein.

„Ich war fünfzehn und er war ein Arschloch. Ich wurde schwanger. Ich bin damals nach Holland, meine Eltern haben die Abtreibung bezahlt."

Sie schwieg wieder. Bobby ergriff ihre Hand und hielt sie fest. Isis sah nicht auf. Bobby versuchte zu relativieren und machte alles nur noch schlimmer.

„Aber deine Eltern, ich meine…, die sind doch mitschuldig. Irgendwie."

„Ich war erwachsen und es war meine Entscheidung."

„Fünfzehn! Da ist man noch nicht erwachsen!"

„Es wäre ein Junge geworden."

Lauf

Arne war sich für nichts zu schade. Es war so ähnlich wie mit dem Bengel in „The 7th Sense": „Ich sehe Genitalien! Sie sind einfach überall!" Kein Spruch, keine an den Haaren herbeigezogene Metapher war flach genug, um diesen Scheiß *nicht* auszusprechen. Er konnte nicht einmal eine Dachlatte im Baumarkt erstehen, ohne die Kassiererin augenzwinkernd, aber deutlich auf die gequälte Doppeldeutigkeit dieses Begriffes hinzuweisen. Das Gleiche geschah beim Kauf eines Sechserpacks Eiern. Außer diesem absolut blöden Spruch, den er in Supermärkten und Drogerien benutzte, beherbergte sein Wortschatz eine lange Reihe primitiver Plattitüden. Von „Dein Vater muss ein Dieb sein! Er hat die Sterne gestohlen und deine Augen daraus gemacht!" über „Ich bin so mies im Bett – das muss man erlebt haben!" bis zu „Darf ich Sie zu einem Getränk einladen oder wollen Sie lieber das Geld...?"

Wenn er im Stadtpark unterwegs war – was, Gott sei es gedankt, nicht oft passierte – hielt er immer Ausschau nach einer attraktiven Frau, die zwei Möpse an der Leine führte, nur um völlig sorgenfrei einen blöden Spruch zu bringen.

Auf der Dating-App „Parkplatzschaukeln" war er zu seiner Enttäuschung nicht fündig geworden. Es gab ein einziges Treffen, zu dem Arne zwar erschienen war, aber er hatte sich sicherheitshalber im Hintergrund gehalten, um die Lage zu checken. Die Dame, mit der er sich per SMS verabredet hatte, sollte 26 Jahre alt sein, schlank, rasiert, devot und dauergeil. So zumindest der Text. Yolanda. *Eigentlich ein Nuttenname*, dachte Arne. Aber wer gibt auf dieser Plattform seinen richtigen Namen an? Er selbst hatte sich nach vielen, vielen Versuchen mit „The Man" eingeloggt. Alle gängigen Pseudonyme wie Hengst, Riesenpimmel etc. waren bereits vergeben. Arne saß hinter dem Steuer seines Wagens und beobachtete die einfahrenden Autos und die Geschöpfe, die diese kleine Raststätte mit ihren Exkrementen heimsuchten. Yolanda sollte ihm eine SMS schicken, wenn sie eintrudelte. Arne beobachtete ein kleines Wohnmobil, dass ein Stück neben seinem Wagen einparkte. Kurz darauf erklang sein Handy.

„Ich bin da und sooo geil! Ich warte im Wohnmobil ganz weit hinten!"

Sollte er wirklich? Sollte er tatsächlich hier auf der Stelle seine Ehe brechen? Er dachte an Annika.

113

Was hatte sie gesagt? Nie wieder? So oder so ähnlich, es würde in absehbarer Zeit keinen Sex mit seiner Ehefrau geben, soviel war klar. Und er wollte es jetzt! Arne beruhigte sich mit einem primitiven, aber doch immer wieder sehr wirkungsvollen „Sie hat doch selber Schuld!" Er sagte es sogar laut vor sich hin. Die Dame öffnete auf sein Klopfen gleich in Unterwäsche. Naja, dachte Arne, das sind eher zweimal 26. Und ihm schwante, dass dies hier nicht die geile Hausfrau mit variabler Tagesfreizeit war, die er sich erhofft hatte. Die Frau war blond und üppig und hielt eine lange Zigarette im Mundwinkel. Das Licht im Wohnmobil war schummrig und pink und kaschierte die großen Brüste, die ihren Tribut an die Schwerkraft schon lange gezahlt hatte.

„Mit oder ohne?"

Spätestens hier, an diesem Punkt war klar: eine Prostituierte.

„Du bist Yolanda? Die 26jährige, geile Hausfrau?" Die Dame schien nicht erschüttert.

„Wende willst, bin ick och die geile Hausfrau. Und 26. Ick hab da hinten noch irgendwo `nen Mob und `ne Kilodose Vaseline. Oder worum geht's dabei?"

Sie wies auf einen der Schränke, und die Asche

ihrer Kippe fiel unbeachtet auf den Teppich.

„Ich kann auch Schulmädchen, ist nur `ne Preisfrage."

Aber das war nicht das, was Arne wollte. Klar, es ging auch darum, seine dräuenden Säfte loszuwerden. Aber noch mehr war es das Ziel, eine Frau so zu beeindrucken oder zu umschmeicheln oder zu besabbeln, dass er sie vögeln konnte. Einfach so Kohle auf den Tisch, das war nicht sein Stil. Er musste schon spüren, dass die jeweilige Auserwählte es wollte. Unbedingt. Nur mit ihm. Und zwar jetzt! Arne lehnte dankend ab und wurde daraufhin rüde beschimpft.

„Eh, du Arsch! Ick hab meine Zeit och nicht gestohlen!"

Yolandas Mund wirkte mit dem knallroten Lippenstift wie eine hässliche, alte Wunde.

„Ick hol mal meinen Koseng, der wird dir was husten!"

Sie brüllte irgendwo in die Richtung der Fahrerkabine.

„Joe, Joe! Kommal, da zickt einer rum."

Arne hatte keine Lust auf den „Koseng" zu warten, um etwas aufs Maul zu bekommen. Er saß sehr schnell wieder in seinem Auto, bevor Joe ihn zur Rede stellen konnte.

War es denn so schwer? War er denn so scheiße? Abstoßend und widerlich? Arne wusste sich keinen Rat. Gab es denn nirgendwo eine Frau, die das wollte, was er wollte?

In seinem Frust fuhr er in die Stadt zurück und bestellte in einer Eckkneipe ein Bier. Am Tresen saß eine Frau in Schlabberklamotten. Blonde Locken, schlanke Figur. Arne hatte für heute die Schnauze jedoch gestrichen voll. Die Dame schien allein hierzu sein. Und dann stand sie auf, ging auf ihn zu und blickte ihm tief in die Augen.

„Du brauchst Hilfe."

Von da an hatte Arne einen Lauf. Endlich. Zumindest in seinen Augen. Mit seiner neuen Vögelbekanntschaft lief es wie geschmiert und das konnte man wörtlich nehmen. Die Dame entsprach zwar nicht unbedingt Arnes Schönheitsideal und gehörte schon gar nicht zu der Sorte Frau, die er im Supermarkt aufgrund ihrer vermeintlich perfekten Rundungen gestalkt hätte. Nein, sicherlich nicht. Aber diese Frau war willig und zu allen denkbaren Schandtaten bereit. Sie wollte nicht kuscheln und machte keine Szene, wenn er sich bereits anzog, während sein Penis noch tropfte. Dann hatte diese Dame eigentlich immer Zeit, wohnte in einer Einzimmerwohnung ohne Katze oder Hund und hasste Vorspiele. Arne wusste nichts von ihr, absolut nichts, ob ihre Eltern noch lebten, ob sie Geschwister hatte oder womit sie ihren Lebensunterhalt zusammenbrachte, überhaupt nichts. Und Arne würde einen Scheiß tun und sie danach fragen. Im Gegenzug erfragte auch die Frau nichts, gar nichts, gerade einmal so seinen Vornamen.

Das war genau das, was er wollte.

Da war er sich ganz, ganz sicher.

Weiber!

Weiber waren einfach unberechenbar! Was denen immer einfiel! Und *immer* beim Abendessen! Als wäre das von Annika gekochte Abendessen nicht Strafe genug! Und was hieß denn überhaupt *gekocht*? Annika konnte gar nicht kochen! Das bisschen dies und das unkenntlich zusammengemanschte Zeug, das dann als Salat durchgehen sollte, war doch gar kein Kochen! Ab und zu mal etwas Warmes, aber auch hier waren Arne die meisten von Annika genannten Zutaten vollkommen unbekannt.

„Das ist Hummus."

Was, um Gottes Willen, ist Humus? War das nicht

das Zeug, dass man unter die Erdbeerbeete buddelt, damit die Früchte größer werden?

Das Schicksal war gnädig: heute Abend waren wenigstens die meisten Zutaten erkennbar. Aber Annika brütete etwas aus, das konnte Arne spüren und die Rotznase war das einzige, zweifelhafte Bollwerk zwischen ihm und seiner überaus kritischen Frau. Sie hätte gut die Verhöre bei den Hexenprozessen im Mittelalter führen können, dachte Arne manchmal. Arne spürte die drohende Gefahr, vergeigte diese Erkenntnis jedoch, indem er lediglich Zeit schindete. Eine Lösung war das nicht.

„Iss noch von den Schmormöhren, mein Junge, die sind so gesund!"

Mit diesen Worten füllte Arne ein gefühltes Kilo Möhren auf den Teller des entsetzten Sohnes. Dessen Mund verformte sich innerhalb einer Nanosekunde zu einer liegenden Acht und die ersten Tränen rannen die Wangen hinunter.

Gleich, jede Sekunde würde er das unsägliche Gequäke anstimmen.

„Da siehst du, was du angerichtet hast! Nein, mein Schatz, du musst das nicht alles essen! Papa macht nur Spaß!"

Sie küsste das Kind auf den wilden Haarschopf und

sofort wurde aus der liegenden Acht eine gerade Nulllinie und Arne schwor, schwor, schwor, dass er von diesem Scheißkind einen hämischen Blick zugeteilt bekam.

„Geh doch schon mal ins Bad, mein Schatz, Mami kommt gleich nach."

Das ist das Ende der Erotik, wenn sich Eltern selbst und gegenseitig als Mami und Papi nennen, dachte Arne. Und mit dem Entschwinden von Rotznase war freie Bahn für Arnes ganz persönliche Inquisition. Annika wartete noch, bis Rotznase die Badezimmertür geschlossen hatte. Sie holte gerade beängstigend lang Luft für die erste Salve, als Arne ihr dazwischenfunkte. Sein neuer Plan – ein Klassiker: einen amtlichen Streit vom Zaun brechen, in dem Annika die ganze Schuld dafür bekam, dann resigniert die Arme in der Luft schwingen und Türen knallend die Wohnung verlassen. In die Kneipe. Oder zur Blondine? Arne ließ punktgenau das Besteck klirrend auf den Teller fallen und warf sich im Stuhl zurück.

„Du sagst immer, ich soll dem Kleinen mehr Aufmerksamkeit schenken und jetzt mach ich das und das ist dann auch nicht richtig!"

„Ja, aber doch nicht so."

„Ja, wie denn dann? *Vitamine sind sooo wichtig.* Mir klingen deine Seminare immer noch in den Ohren!"

„Was denn für Seminare?"

Arne äffte sie übertrieben nach.

„Achte auf dich, iss dies und iss das nicht, rauch auf dem Balkon…!"

„Wir haben ein Kind in der Wohnung!"

„Hey, du kannst mir gerne sagen, was ich tun soll, aber nicht wie! Ich kann dir nichts recht machen!"

Annika schien viel zu ruhig! Was stimmte da nicht?

„Das sagtest du schon einmal. Aber du hast eine Verantwortung und ein Kind."

Wieso war Annika so cool und beherrscht? Das passte Arne überhaupt nicht ins Konstrukt für einen saftigen Streit. Aber: dranbleiben!

„Jaja! Immer der Kleine! Ich glaube fast, die Rotznase ist dir wichtiger als ich!"

Annika blickte nach unten und schwieg viel zu lange. Dann sagte sie: „Ja."

Arne brauchte eine Weile, um die Tragweite dieser zwei Buchstaben zu begreifen. Langsam wie Sirup sickerte es in sein Bewusstsein. Statt wie wild um sich zu schreien, stand er still vom Tisch auf, griff sich die Autoschlüssel und eine seiner geliebten Windjacken.

„Wo willst du hin?"

„Weg!"

Als Arne in dieser Nacht spät nach Hause kam und sich zur vermeintlich schlafenden Ehefrau ins Bett legte, blickte er lange auf ihren sich senkenden und hebenden Brustkorb.

Absolution

Das Haus war so unspektakulär wie diese gewöhnliche Wohnstraße, in der es lag.

Bobby hatte sich mit Erwartungen gefüllt, die er nicht genau benennen konnte.

Laut Klingelschild wohnte der Witwer im dritten Stock. Isis wies auf ein Cafe auf der anderen Straßenseite.

„Ich warte dort. Und es dauert so lange, wie es dauert."

Bobby kämpfte mit sich.

„Kannst du nicht doch mitkommen?"

Aber Isis blieb hart.

„Nein, das ergibt keinerlei Sinn. Du musst das alleine machen."

Bobbys Beine wollten nicht, die Befehlskette zwischen seinem Gehirn und seinen Extremitäten war unterbrochen. Isis löste sich von ihm und ging auf das Cafe zu. Mitten auf der Straße drehte sie sich noch einmal um und winkte ihm zu. Bobby blieb die Luft weg und er atmete erst wieder ein, als sie das Cafe erreicht hatte.

Okay.

Er betrat das Treppenhaus und schob seinen wiederwilligen Körper wie ehedem Sisyphos in den dritten Stock. Was wäre, wenn er sich eine halbe Stunde im Treppenhaus herumtreiben würde und gar nicht nach oben ginge? Und sich eine Geschichte ausdachte? Er stellte sich vor, wie das so aussähe. Wenn. Aber nicht einmal das war ihm möglich.

Der Weg nach oben war so schwer. Trotzdem stand er irgendwann vor einer Holztür mit eingelassenen, bunten Glasscheiben. Auf dem Türblatt prangte ein Schild, das offensichtlich von Kinderhänden gestaltet war.

„Herzlich Willkommen!
Hier wohnen Gerrit, Sonja, Lilly und Marvin Behrens."

Bezüglich des Willkommens hatte Bobby so seine Zweifel.

„Herr Behrens ist berufstätig" hatte Frau Doktor gesagt. „Die beste Zeit, ihn anzutreffen, wäre also am Wochenende oder spät nachmittags."

Bobby klingelte. Ein etwa drei Jahre alter Junge öffnete.

„Ist denn dein Papa da?"

Bobby konnte mit Kindern nicht so gut reden. Automatisch erhob er die Stimme, als wäre dieser Mensch nicht klein, sondern taub. Das Kind ließ ihn an der Tür stehen und rief in die Wohnung hinein.

„Papa! Da ist jemand!"

Bobby stand unsicher herum. Dann erschien ein großer Mann in Monteurshose.

„Ja?"

„Ich..., ich ..."

Herr Behrens wurde ungeduldig.

„Kommen Sie wegen des Versicherungsschadens? Sind Sie von der Versicherung? Dann kommen Sie mal rein, wir warten ja schon wochenlang!"

Bobby wusste nicht genau, warum er das tat, aber er nickte und betrat die Wohnung.

„Ich gehe mal vor!"

Herr Behrens ging voraus ins Wohnzimmer und zeigte auf ein nagelneues Sofa.

„Hier ist es passiert. Beinahe ist die ganze Bude abgefackelt."

„Ich bin nicht von der Versicherung."

„Nicht? Und warum sagen Sie nichts?"

„Ich habe ihre Frau getötet."

Hatte sich Frau Doktor das so in etwa vorgestellt?

Herr Behrens starrte ihn sekundenlang an. Dann flüsterte er: „Sie sind also der Fahrer?"

Es klang wie eine Frage, war nach Bobbys Ermessen jedoch keine. Er antwortete trotzdem in das Schweigen seines Gegenübers hinein.

„Ja. Und ich bin hier, um …"

Ja, was? Um Absolution zu bitten? Für diese unsägliche Tat? Bobby erwartete mindestens einen Wutausbruch, einen Schlag ins Gesicht, irgendetwas, was ihn vielleicht von seinen Qualen befreien würde. Herr Behrens setzte sich überraschend auf einen wuchtigen Sessel.

„Sie sind Bobby Herzberg?"

Bobby setzte sich auch und nickte.

„Ich finde keine Worte. Nichts, was ich sagen könnte, würde Ihrem Schmerz gerecht werden."

Herr Behrens schwieg weiterhin. Dann brach er das Schweigen.

„Jetzt erinnere ich mich, ich hab Sie im Gerichtssaal gesehen. Schauen Sie – das ist lange her, fast fünf Jahre. Das ist vorbei. Es war schrecklich, es ist immer noch schrecklich, aber es ist vorbei."

Bobby sagte nichts. Er wollte nur so schnell wie möglich weg.

„Katrin und ich waren nicht sehr glücklich, eigentlich wollten wir uns trennen."

„Und das ungeborene Kind?"

„Das war nicht mein Kind, Katrin hatte damals schon eine neue Beziehung. Und sie hat es auch mit der Treue nie so genau genommen. Wenn Sie eine Absolution haben wollen – da sind Sie bei mir falsch."

Der kleine Bengel stürmte ins Wohnzimmer.

„Papa, komma! Ich hab was ganz Tolles gebaut, du musst mal gucken!"

Herr Behrens tätschelte dem Jungen den Kopf.

„Ja, ich komme gleich, geh du schon mal in dein Zimmer."

Er sah dem Kind nach und sagte zu Bobby: „Das ist so lange her und ich habe ein neues Leben. Sie müssen irgendwie anders klarkommen. Wie Sie sehen, ich habe Kinder. Und meine Frau weiß überhaupt nichts von dem Unfall. Und ich will, dass das so bleibt."

„Und der Vater des Kindes?"

Bobby wollte es wirklich wissen. Vielleicht sollte er den aufsuchen, um endlich etwas aufs Maul zu bekommen, irgendwas, irgendwas, was sich als angemessene Strafe anfühlte.

„Keine Ahnung, Katrin hat es mir nie verraten. Ihr

neuer Partner scheint es nicht gewesen zu sein. Und jetzt müssen Sie gehen, meine Frau kommt gleich nach Hause und ich will sie nicht mit der ganzen Geschichte belasten."

Bobby verließ das Haus und atmete draußen tief durch. Keine Absolution.

Und wie hatte sich das Frau Doktor so gedacht? Was hätte passieren sollen? Isis saß ohne Getränk auf einem Plastikstuhl.

„Bestellst du schnell etwas? Die wollten mich hier ohne eine Bestellung eigentlich nicht sitzen lassen."

Bobby setzte sich an das Cafetischchen und bestellte einen Cafe Latte. Er starrte Isis an, bis sie endlich fragte.

„Und? Wie ist es gelaufen? Ich sehe, Du hast noch alle Zähne!"

Humor war jetzt wirklich nicht die Lösung. Was fanden alle daran so witzig? Nach Bobbys Empfinden hatte er gerade eine Niederlage erfahren.

„Er sagt: Vorbei ist vorbei. Und dass das Kind nicht von ihm war. Er schien nicht einmal sauer zu sein!"

Isis lachte.

„Na, das ist doch genau das, was ich dir schon

sagte – vorbei ist vorbei! Und wir kennen Gottes Plan nicht, vielleicht, nein, ganz sicher hatte Katrins Tod einen Sinn und Zweck. Wir kennen ihn nur nicht, wir kennen nicht die Bestimmung."
Bobby fühlte sich leer. Was würde Frau Doktor zu diesem Ergebnis sagen?

Fremdgehen

Ein oft eintretender, irritierender Nebeneffekt beim notorischen Fremdgeher ist der, dass er irgendwann von sich auf seinen Ehepartner schließt.
Mit anderen Worten: Ich gehe fremd und mein Partner doch sicherlich auch. Oder?
Dieses Von-sich-auf-andere schließen entbehrt jeglicher Logik, es ist einfach nur eine Art Schuldverlagerung.
Sie geht fremd – ich gehe fremd.
Und für Arne war es unbegreiflich, dass seine Frau nicht *auch* Sex brauchte. Natürlich wollte sie, nur nicht mit ihm. Und so ja nun nicht. Ausgelöst wurde diese dumme Idee von dem Umstand, dass Annika aufgehört hatte zu fragen oder zu schimpfen. Das reichte Arne als Indiz. Yogakurs, Überstunden, Schichtentausch – Annika hätte eine

Vielzahl an Möglichkeiten, sich mit einem anderen Mann zu treffen. Und da musste er sich Gewissheit verschaffen. Den Klassiker, den schmuddeligen Privatdetektiven mit Teleobjektiv, konnte er sich nicht leisten. Außerdem traute Arne am ehesten seinen eigenen Augen.

Nach Annikas Plan- ja, klar, es gab einen Plan, der an der Kühlschranktür klebte – hatte sie heute Spätschicht, also um 21.30 Uhr Feierabend. Sie hatte jedoch angekündigt, an diesem Abend noch eine Besprechung mit dem Stationsarzt zu haben, es könne etwas später werden. Ein Arzt, ha! Ein erfolgreicher Fuzzy mit Stethoskop um den sportlich gebräunten Hals, den er sich beim Segeln und Golfen vorsätzlich verfärbt hatte.

Arne witterte Konkurrenz. Er warf den ungeliebten Sohn zum Babysitten der Nachbarin beinahe in die Wohnung und fuhr durch die Stadt zum Städtischen Krankenhaus. Auf dem Parkplatz suchte er Annikas knallroten Kleinwagen und parkte ein gutes Stück davon entfernt. Was jetzt? Arne hatte sich keinerlei Gedanken darüber gemacht. Die Wut, die Angst, dass Annika fremdgehen könnte, hatte ihn so aus dem Lot gebracht, dass es keinen Plan gab. Er konnte schlecht um diese Uhrzeit ins Gebäude wackeln und nach seiner Ehefrau fahnden. Er wusste ja noch nicht einmal, auf welcher Station sie vielleicht zu finden gewesen wäre. Hätte er doch einmal zugehört! Und so saß er im Schutze des ausgehenden Tageslichtes in seinem Porscheersatz und wartete auf etwas, von dem er nicht wusste, was es war. Jetzt ungefähr hatte Annika Schichtende und in dieser Minute würde sie sich mit einem attraktiven Arzt in dessen Büro treffen. Wo würden sie es treiben, na? Auf dem Behandlungstisch, auf dem Schreibtisch zwischen den Segel- und Golfpokalen? Arne hielt es nicht mehr aus. Er stieg aus dem Wagen und bewegte sich auf das Gebäude zu. Wo anfangen? Er las die Schilder an der Glasfront.

„Intensivstation 4. Stock

Stationsarzt Dr. Malik."

Auch noch ein Ausländer!

Er rannte um das Gebäude herum, stellte sich auf eine Steinmauer und starrte in die Fenster. Fast überall waren die Jalousien herabgelassen, es gab nichts zu sehen. Arne rannte wieder nach vorn. Unter welchem Vorwand könnte er in die Klinik hineingelangen? Und während er gerade auf dem Weg zu seinem Wagen war, öffnete sich die Glasfront und seine Frau kam heraus. Sie war

allein. Kein sabbernder Arzt im Schlepptau, nichts.
Annika war wie immer. Arne wollte nicht gesehen
werden. Er beobach-tete, wie Annika zu ihrem
Wagen ging, ihre Tasche wie immer auf dem
Beifahrersitz deponierte, einstieg und losfuhr.
Arne blieb in größerem Abstand hinter ihr. Und
wenn schon! Und wenn sie mit diesem Arzt nichts
hatte, dann war da bestimmt jemand anderes,
Arne war ganz sicher. Es konnte nicht anders sein!

Angst
„Ich wollte noch einmal über die letzte Sitzung
sprechen."
Bobby war an diesem Abend eigentlich nicht nach
einem sachlichen Gespräch, aber er ergab sich
seinem Schicksal. Da er immer noch an der richtigen
Formulierung kaute, die Isis klarmachen sollte, dass
er in sie verliebt war, passte der Zeitaufschub dann
jedoch ganz gut.
Für Isis schien es mittlerweile selbstverständlich,
Bobbys Wohnung durch den Schrank zu betreten.
Und Bobby mochte das. War ihm spontaner Besuch
sonst ein Gräuel, nein, eine Qual, so waren Isis
Besuche immer Balsam auf seiner geschundenen
Seele.

„Ja, das war ja schrecklich! Ist das denn nicht gefährlich?"

Bobby hatte immer noch die Bedrängnis der Frau in den Knochen, die sich offenbar hatte ertränken wollen.

Isis nahm sich ein Glas aus dem Küchenschrank und füllte es am Wasserhahn. Sie setzten sich an den Küchentisch. Irgendwie verbrachten sie mehr Zeit in der Küche, als im Wohnzimmer.

„Ich hab für diese Fälle immer Valiumtropfen dabei. Aber es stimmt, es ist nicht ohne. Und eigentlich darf ich so was gar nicht, also das mit dem Valium"

„Was kann denn schlimmstenfalls passieren?"

Isis kräuselte die Stirn.

„Ein Trauma. Aber es würde mich nicht wundern, wenn das Trauma bei diesem Klienten schon da gewesen ist. Lange vorher."

„Kann man denn sagen, dass diese Frau viele Leben lang sexuell missbraucht wurde?"

„Naja, das waren ja erst zwei. Wer weiß, was noch dahintersteckt. Ich denke, es geht generell um Sex im Leben dieses Menschen. Aber wie kommst du darauf, dass der Klient eine Frau ist?"

„Ich dachte…, äh, ist das denn variabel? Ich kann zwischen meinen Leben das Geschlecht wechseln?"

„Jaja, klar! Du springst in die unterschiedlichsten

131

Zeiten, Rollen und auch Geschlechter."

Bobby dieselte etwas nach.

„Was sagtest du? Dein Klient ist ein *Mann*?"

„Ja, er ist ein Mann. Ein sehr sensibler Mann. Es gibt auch Missbrauch bei Männern, du würdest dich wundern. Und es muss auch nicht Missbrauch sein. Einfach nur ein gestörtes Verhältnis zu seiner Sexualität."

Aus dieser neuen Perspektive änderte sich die ganze Situation. Als der Klient in seiner Vorstellung noch eine Frau war, erschien ihm die Beurteilung viel schwieriger. Er hatte eine ausgebeutete Frau vor seinem inneren Auge, eine Frau, ein Kind, deren Leben immer durch irgendeinen, ja, Pimmel beeinträchtigt wurde. Ein Mann auf Isis Couch, der sich die Seele aus dem Hals flennte, ergab ein völlig anderes Bild.

„Ich wollte auch schon die zweite Sitzung nicht, aber er bestand darauf. Er wäre auf der Suche nach dem Sinn seines Lebens, hat er gesagt. Und er zahlt gut." Auf Bobbys fragenden Blick hin fügte Isis hinzu: „Auch ich muss leben und Miete zahlen. Aber er will noch eine dritte Sitzung, und das mache ich nicht mehr mit. Ich würde ihm so gern helfen, aber ich glaube nicht, dass eine weitere Rückführung eine Hilfe wäre."

„Na, dann schick ihn doch weg!"

„So einfach ist das nicht. Er ist sehr hartnäckig."

Sie schwiegen. Dieses Gespräch klang nicht nach einer Gelegenheit, Isis die totale Liebe zu gestehen. Sie blickte auf den Küchentisch und haderte mit sich. So glaubte wenigstens Bobby. Dann schien sie einen Entschluss gefasst zu haben.

„Nein, ich muss ihm absagen."

Bobby langte versuchsweise über den Tisch und ergriff Isis warme, zarte Hand.

„Du machst schon das Richtige. Lass es. Und wenn der Klient so impertinent ist, könnte das ja auch gefährlich werden."

Isis hatte bereitwillig ihre Hand in die seine gelegt, zog sie jetzt jedoch wieder weg.

„Nein! Nein, das glaube ich nicht. Nein, so ein Typ ist der nicht. Ich bin hin- und hergerissen, er braucht ja auch meine Hilfe!"

Für heute war das Projekt Liebesgeständnis gelaufen. Da war Bobby ganz sicher. Und zu seiner Verliebtheit gesellte sich Angst. Angst um Isis.

Kontrolle

Arne hatte es gepackt. Bestimmt lief da irgendetwas zwischen einem Arzt und Annika, es konnte gar nicht anders sein. Diese ganzen Kurse und Veranstaltungen, an denen Arne nie interessiert gewesen war, beschäftigten ihn plötzlich. Er wusste ja nicht einmal, wo der Yogakurs stattfand oder sich die Initiative „Frauen für Flüchtlinge" traf. Konnte ja sein, dass Annika gar nicht dort war. Sondern ganz woanders. Er hatte Bilder im Kopf, wie sich Annika und ein ihm unbekannter, widerwärtig gut gebauter Mann in den Kissen wälzten. Und Dinge taten, die sie seit ewigen Zeiten nicht mit ihm, ihrem Ehemann, getan hatte. Deswegen hatte sie auch abends immer keine Lust. Oder morgens oder eigentlich nie. An ihm konnte es unmöglich liegen, er war immer noch potent und einfallsreich, und das Vorspiel war ihm heilig. Also.

Für Arne beinahe eine klare Tatsache: Seine Frau geht fremd. Er musste sie nur noch erwischen. Für den Fall, dass beide Elternteile unaufschiebbare Termine einhalten mussten, gab es einen Babysitter; er konnte nicht ewig die Nachbarn unter einem vorgegebenen Vorwand engagieren. Dieser Babysitter bestand aus einem pickeligen, weiblichen Teenager, der eigentlich nur stundenlang vor der Glotze saß und ihnen den Kühlschrank leerfutterte. Eine echte Qualifikation hatte Annalena – so hieß die Dame – nicht. Sie hatte keine Geschwister, sie war meist schlecht gelaunt und wenn irgendetwas war, rief sie sofort bei der hinterlassenen Handynummer durch. Die einzigen Alleinstellungsmerkmale dieser Dame: Sie war unkompliziert, sie brachte keine tätowierten Typen mit und sie schien immer Zeit zu haben. Allerdings war sie so unpünktlich wie Marylin Monroe in ihrer großen Zeit. Arne hatte Annalena für 19.30 Uhr bestellt, sicherheitshalber, und Punkt 21 Uhr trudelte Annalena ein. Arne sagte nichts zu ihrer Verspätung, das war bereits einkalkuliert, und steckte ihr einen Zwanziger extra zu.

„Du bist nie hier gewesen. Ich bin bis halb elf wieder da."

Annalena grinste und zog eine Augenbraue hoch.

„Wer? Ich? Huch, wo bin ich denn?"

Sie hatte verstanden und war bereits mit ganz anderen Dingen beschäftigt.

„Ist noch von dem Schinken da?"

Arne hatte also freie Bahn.

Der Yogakurs, zu dem sich Annika vor etwa zwei

Jahren angemeldet hatte, fand im sogenannten Gym einer bekannten Muckibude statt. Arne kannte den Laden. Annika hatte angekündigt, dass sie sich nach dem Yoga noch mit ein paar Mädels treffen würde.

„Wir trinken noch was Isotonisches."

Zu gern hätte Arne gefragt, wo denn diese Location mit isotonischen Drinks läge, aber er traute sich nicht. Das Interesse für die Details im Leben seiner Frau war immer sehr gering gewesen und so war ihm der Name irgendeiner Bar völlig entgangen. Oder sie hatte es ihm nie gesagt, das war viel wahrscheinlicher, wenn sie ihn betrog. Und was hatte Arne in all den Jahren vom Yoga seiner Frau bemerkt? Nichts! Keine tollen Verrenkungen, in deren Genuss er hätte kommen sollen, keine merklich schlankere Taille, nichts davon. So genau wusste er nicht, wie lange das Yogadings gehen sollte, er musste also rechtzeitig einen Parkplatz suchen, auf dem er nicht weiter auffiel und von dem aus er ohne Fernglas den Ausgang des Gyms sehen konnte. Allein das verlangte ihm jede Menge Geduld ab, denn um diese Zeit schienen alle Sportsüchtigen in diesem Laden zu sein. Alles war zugeparkt. Arne musste sich relativ weit weg abstellen, der Bildausschnitt war winzig. Seine Zigaretten waren aus und er suchte im Aschenbecher nach Kippen, die es würdig waren, von ihm noch einmal angezündet zu werden. Wenn nur diese Bilder nicht wären! Wie war Annika gewesen, als sie sich kennenlernten? So offen und irgendwie frei! Gewissenhaft, ja, penibel, okay, aber zuverlässig und so vernünftig. Das hatte ihm imponiert. Arne war da ganz anders gestrickt, und vielleicht hatte ihn das angezogen: jemand wie Annika, die ihm in den Arsch trat. Ja, sie meinte es gut. Aber was war schlimmer als lieb gemeint? Eben. Wie war das? „Männer sind keine Autos und Frauen sind keine Politessen."

Abgesehen davon war Annika in den ersten beiden Jahren im Bett der Knaller! Und wenn er ganz ehrlich war - was er meist vermied - war es eher das Sexuelle, das ihn angezogen hatte. Annikas andere Qualitäten hatte er eben einfach so in Kauf genommen. Und wo hatten sie es überall getrieben! Und jetzt rutschte irgendein Arschloch auf seiner Frau herum und bekam die Früchte zu naschen, die im Yogakurs erwachsen waren und die er, Arne, auch noch bezahlt hatte! Das war ja, wie…, wie wenn man für die neuen Brüste einer Frau bezahlt hat, und jemand anders spielte daran herum! Und so ja nun nicht.

Es ging gegen 22 Uhr und nichts tat sich. Menschen kamen und gingen, aber Annika war nicht dabei. Er war zwar so weit weg, dass er die Augen zusammenkneifen musste, aber an ihrem Gang hätte er sie erkannt, ganz sicher. Arne wurde unsicher. War heute der Yogakurs? Was war heute für ein Wochentag? Arne fluchte und wendete gegen 22:30 Uhr den Wagen. In der Wohnung erwarteten ihn eine leicht genervte Annika und ein gleichgültiger Teenager.

„Wo kommst du denn jetzt her?"

Besuch

Aus irgendeinem Grunde wollte Bobby nicht, dass Arne von seiner Freundschaft mit Isis wusste. Von einem Erkennen seiner Motive konnte nicht die Rede sein, vielleicht wollte er sie für sich allein, vielleicht schwante ihm, dass Arne Isis unweigerlich anbaggern würde, sobald er sie zu Gesicht bekam. Das war jedoch nicht entscheidend. Gerade als er und Isis in der Küche zusammensaßen, klopfte es an seiner Wohnungstür. Beide sahen sich an, als hätte man sie beim Rauchen hinter der Sporthalle ertappt.

Bobby wollte eigentlich gar nicht öffnen, aber Isis beharrte darauf.

„Vielleicht ist es was Wichtiges?"

„Was sollte denn da schon Wichtiges kommen?"

„Das weiß man nie."

Ergo öffnete Bobby die Tür, nicht ohne vorher einen Blick durch den Sion geworfen zu haben.

Arne. Ausgerechnet.

„Was willst du denn hier?"

„Tolle Begrüßung! Ich war in der Nähe, da dachte ich, ich schau mal nach dir."

Bobby versperrte die Tür mit einem Arm.

„Das passt jetzt gerade nicht, ich habe Besuch."

„Du hast Besuch? Na, wer sollte dich denn besuchen?"

Arne lachte und schlüpfte unter Bobbys Arm hindurch. Bevor er Arne überholt hatte, war der bereits nach einem flüchtigen Blick ins Wohnzimmer in die Küche gelaufen.

„Na, wo ist denn dein Besuch?"

Isis war weg. Selbst das Glas hatte sie abgewaschen und auf das Abtropfgitter der Spüle gestellt.

„Deine Schwester lässt schön grüßen. Und sie hätte dich gerne am Sonntag bei uns zum Essen."

Bobby schwieg. Arne hob sich ergebend die Arme.

„War nicht meine Idee, echt nicht. Ich bin ja mehr dafür, dass wir noch mal durch die Clubs ziehen, um dich mit deinen Ängsten zu konfrontieren."

Bobby hatte Arne diesbezüglich längst durchschaut.

„Du willst ja nur nach Weibern glotzen."

„Hey! Ich habe immerhin etwas versucht, ja!"

„Ich bin noch nicht soweit."

Arne stöhnte laut auf.

„Wenn wir darauf warten würden, bis du meinst, du wärst so weit, wären wir alt und grau."

Bobby grauste es bei dem Gedanken, bei Schwester und Schwager am Tisch sitzen und Fragen beantworten zu müssen. Ganz nebenbei, nicht direkt, so en passant. Man wolle ihm ja nicht auf den Zahn fühlen, man mache sich eben Sorgen. Er kannte seine Schwester.

So in der Art eines Tribunals.

Immer und Nie

Innerhalb einer Partnerschaft – egal in welcher Geschlechterkombination – ist Kommunikation das A und O. Austauschen. Erfahren, wie der andere denkt, Bewältigung von Problemen und Uneinigkeiten – kaum jemand wird den Stellenwert des gegenseitigen verbalen Austauschs anzweifeln. Es gelten natürlich einige Regeln im sprachlichen Umgang miteinander, und eine davon besagt, dass die Worte „immer" und „nie" in einem guten, verständigen Gespräch absolut nichts zu suchen haben. Auf gar keinen Fall, unwidersprochen, quasi: *nie* und *nimmer*. Zum einen ist das meist verletzend und zum anderen: Es stimmt *nie*.

Hoppla!

„Immer" und „nie" implizieren, dass es ohne Ausnahme so ist/war, und das stimmt *nie*.

Schon wieder hoppla!

Das Gegenüber wird jedes Mal – schon besser – nach Beispielen fragen, die oft unzureichend dokumentiert sind oder an die sich das klagende Gegenüber nicht erinnert. Und mit einem empörten „Das stimmt doch gar nicht!" werden jede Menge Gegenbeispiele herangezogen, an die sich jetzt fatalerweise der andere nicht erinnert.

Das ist mehr als kontraproduktiv.

Spannend ist in diesem Zusammenhang der Umstand, dass der Klagende – so im weiteren Text benannt – selbst auch dann keine Chance auf ein einsichtiges Gespräch hätte, wenn er diese vermeintlichen Verfehlungen des Beklagten lückenlos beweisen und belegen könnte, mit Tonbandaufnahmen, Videos oder einem peinlichen Tagebuch. Dann stellt sich jedoch beim Beklagten die durchaus berechtigte Frage: Mit wem lebe ich eigentlich zusammen? Mit jemandem, der Buch führt oder die ganze Bude verwanzt hat und die Aufnahmen in „immer" und „nie" sortiert, um diese dann dem geliebten Menschen links und rechts um die Ohren zu hauen?

Arne hatte von diesen Zusammenhängen keine Ahnung. Und jetzt stand er hier vor seiner Frau, die keinen Yoga-Kurs gehabt hatte.

„Donnerstag, du Trottel, Donnerstag!"

Und wo er denn jetzt herkäme, und warum der Babysitter hier den guten Schinken wegfutterte, ohne dass Annika und Arne darüber gesprochen hätten.

„Das hat sich ganz spontan ergeben! Der Chef rief an, wegen der Papiere."

Das war schwach und Arne durchaus klar. Diese Floskel war so abgelutscht wie der Spruch „Sagt Frau Doktor."

„Ich glaube, ich sollte mal mit deinem Chef sprechen! Das ewige Auf-der-Matte-stehen für die paar Kröten!"

Das hätte noch gefehlt. Annikas Augen sprühten und er wusste, dass sie sich nur zurückhielt, weil die dicke Annalena noch im Haus war. Sobald diese mit den letzten Resten des Schinkens in beiden Backentaschen die Wohnung verlassen hatte, war es aus mit der Schutzfunktion. Annika ließ ihm noch ein wenig Zeit, dann schlug sie gnadenlos zu. Sie setzte sich ihm gegenüber auf einen Sessel und schaute ihm unvermittelt in die Augen.

„Sag mal, Arne: Betrügst du mich?"

Arne schwieg zu lang. Er versuchte, dem forschen Blick seiner Frau standzuhalten, und es gelang ihm auch ein paar Sekunden. Dann musste er den Blick abwenden. Da hätte er sich cooler eingeschätzt.

„Nein! Bist du verrückt?"

„Ich bin kaum aus der Tür, da steht der Babysitter auf der Matte und kann mir nicht einmal sagen, wo du bist. Es ist immer das gleiche mit dir! Ich kann mich einfach nicht auf dich verlassen!"

Arne stand schnell auf, um ihrem Blick nicht standhalten zu müssen. Er rannte in die Küche und holte sich ein Glas Wasser.

„Glaubst du, ich mag meinen Job? Glaubst du das? Immer reiße ich mir den Arsch auf, für euch, für uns! Und dann muss ich mir Vorwürfe anhören!"

Seine Reaktion war völlig überzogen. Der Versuch, vom mutmaßlichen Fremdgehen abzulenken auf seinen Job, war schwach, aber es funktionierte.

„Und ich?" schrie seine Frau. „Meinst du, es geht mir besser als dir? Glaubst du, ich lasse mich gerne von arroganten Chefärzten zusammenfalten, weil ich ihre Fehler ausbügeln muss? Wo warst du heute Abend?!"

Arne war schon dabei aus diesem Streit einen gemeinsamen Hass gegen ihre Arbeitgeber anzuzetteln, aber sie waren wieder zurück am Anfang. Wo Arne gar nicht hinwollte.

„Ich sagte dir doch, ich war nochmal in der Firma!"

„Gibt's da zufällig eine Sekretärin? Oder eine Putzfrau, die du scharf findest?"

„Die Sekretärin ist 65 Jahre alt und hat Wasser in den Beinen!"

Annika machte wieder dieses verächtliche Geräusch mit ihrer Zungenspitze.

„Als ob dich das abhalten würde!"

„Was glaubst du von mir?"

Aber das war selbst für Arnes Verhältnisse eine ungewöhnlich blöde Frage. Und auch Annika schien davon überzeugt zu sein, sie würdigte ihr keine Antwort.

„Wo warst du heute Abend?"

„Ich sag doch, in der Firma. Aber wo warst *du* heute Abend?"

Annika wies auf sich.

„*Ich*? Im Ernst?"

„Ja, du bist abends immer weg, die ganze Woche und ich hab keine Ahnung, wo du überhaupt bist."

„Na, klar weißt du das!"

„Weiß ich nicht! Du erzählst mir das nie!"

Annika wies mit müdem Arm auf die Kühlschranktür.

„Hier hängt ein Plan, auf dem genau steht, wann ich wo bin. Hier, Donnerstag: 20 Uhr bis 21:30 Uhr Yoga, Samstag: Frauen für Flüchtlinge, 18:30 bis 21 Uhr. Da steht alles, inklusive Telefonnummer und Adresse. Direkt neben einem Bild, das dein Sohn gemalt hat, hast du auch nicht gesehen! Was erzählst du mir da? *Ich* habe nichts zu verbergen!"

Arne musste klein beigeben. Was war er für ein Idiot! Annika trat sehr nah an Arne heran.

„Ich sagte es dir schon einmal: Wenn du nur ein

einziges Mal fremdgehst, bin ich mit dem Jungen weg."

Elternabend

Dass im Idealfall bei der Zeugung eines neuen Menschen ausschließlich schöne, positive Emotionen wirken, ist gewollt und hormonell bedingt. Nennen wir es Liebe. Aber machen wir uns nichts vor: Man träumt von einer besinnlichen Schwangerschaft, dem gemeinsamen Erleben, dem Wachsen des neuen Menschen und freut sich irrational wie blöde. Woran man dabei glücklicherweise weniger denkt, sind die Schattenseiten der Erziehung in all ihren widersprüchlichen Facetten. Seltsamerweise erinnern sich Eltern später gern an die tollen Momente - die Schulaufführung, das erste Mal Kacka, ein Besuch im Zoo - und dokumentieren diese emotionalen Ereignisse zum Leidwesen eingeladener Opfer oft genug in Bild und Ton. Eine dieser Unvorhersehbarkeiten schrecklichster Natur ist der Elternabend. Zu dem Arne aus technischen Gründen von Annika verdonnert wurde. Sie hatte Spätschicht. Und die Elternabende haben sich über die Jahrzehnte sehr verändert. Während Arnes Mutter noch in einer Gruppe genauso wenig interessierter Erzeuger und Erzeugerinnen herumsaß, in der Zettel herumgereicht wurden, auf denen meist zu zahlende Beträge notiert waren oder der langweilige Ablauf eines Schulfestes, werden heute ganz andere Fähigkeiten erwartet. Herumsitzen und auf die Uhr schauen war nicht, man musste Initiative zeigen, sich verständnisvoll für die Unbilden des Lehrerberufes zeigen und sich einbringen, einbringen, einbringen. Arne hasste dieses Wort aus tiefstem Herzen. Außerdem: Sein Sohn war gerade mal ein halbes Jahr in der ersten Klasse, was sollte es da zu besprechen geben? Dass er beim Klatschen den Takt nicht halten konnte? Dass er die Farben nicht richtig konnte? Arne hatte keinerlei Vorstellungen. Er quälte sich also einmal diagonal durch die ganze Stadt zur allerbesten Fremdgehzeit und trudelte viel zu spät auf dem Parkplatz des postmodernen Gebäudes ein. Der Eingang war flankiert von zwei Stelen, auf denen Betontauben hockten, die ihrerseits von realen Tauben zugekotet waren. Was wollte der Bildhauer damit sagen?

Arne war noch nie in dieser Schule gewesen und vollkommen desorientiert. Wo war die Klasse seines Sohnes? 1 A? 1 B? Arne wusste es nicht. Er jagte hektisch durch die Flure und fand eine Reihe Garderobenhaken mit Jacken und eine Tür mit bunten Bildern. Hier musste es sein.

Arne war schon in seiner Jugend immer zu spät in der Klasse erschienen, und so war er es gewohnt, dass ihn alle anstarrten.

„Guten Abend! Bin ich hier richtig?"

Eine blöde Frage, aber da war es schon zu spät. Um ein Haar hätte er der Lehrerin – die Arnes Penis automatisch in die Kategorie „Kannste vögeln" einsortierte – eine schwache Entschuldigung geliefert, so etwas wie, der Hund hätte seine Hausaufgaben gefressen, aber er konnte das gerade noch stoppen.

„Sie müssen Herr Herzberg sein. Sie sind der Letzte von der Liste. Jetzt sind wir vollzählig"

Sie sagte das mit einem süffisanten Grinsen, während alle anwesenden Kinderinhaber in unterschiedlichen Emotionsstadien in seine Richtung starrten.

„Ja, der bin ich! Termine, Termine! Meine Frau hat leider heute keine Zeit."

Wie zum Beweis schwenkte er einen schwarzen Aktenkoffer, das Symbol des erfolgreichen Geschäftsmannes. Er hätte nur die Windjacke nicht anziehen sollen.

Ein weiterer Fauxpas-, als wären Elternabende Frauensache! Die wenigen Herren, drei an der Zahl, bestätigten dies eigentlich, blickten ihn jedoch trotz dieser statistisch belegten Tatsache vorwurfsvoll durch ihre Nickelbrillen an. Arne wäre nicht verwundert gewesen, wenn einer der Herren sein Häkelzeug aus einer Jutetasche gefischt hätte. Das geschah jedoch nicht und Arne quetschte sich durch zwei Reihen Tische in die hinterste Ecke. Ebenfalls ein beinahe vegetativer Impuls aus seiner Schulzeit.

„Hab ich etwas verpasst?"

Die Lehrerin sparte sich eine richtige Antwort und reichte ihm wortlos ein DIN A 4-Blatt.

Arne überflog kurz den Inhalt.

Klassenfahrt. Wo wollten sechsjährige Kinder denn hin? Die Lehrerin hatte jedoch ihr Programm und zog es gnadenlos durch.

„Der nächste Punkt: Das Schulfest. Wir brauchen wie jedes Jahr eine Vielzahl von Helfern für alles Mögliche. Wer kann einen Beitrag zum Kuchenbüfett leisten?"

Es gingen ein paar vorwiegend weibliche Hände hoch, und es begann ein Getuschel unter den Backspezialisten.

„Ich mache meinen Dinkel-Erdbeer-Rhabarber-Kuchen, der ist unschlagbar."

Arne konnte nicht backen und Annika erst recht nicht. *Na, dann kauft man halt welchen!* Aber er hörte gar nicht richtig zu. Wie lange mochte das hier dauern? Eine Stunde? Dann hatte er ja hinterher noch Gelegenheit…?

Die Lehrerin dozierte weiter. Arne schaltete auf Standby. Jetzt war es 20 Uhr, sagen wir mal, der Scheiß hier dauerte eine gute Stunde, dann konnte er ja noch eine Stunde zur blonden, immer verfügbaren Dame. Er würde Annika einfach erzählen, er wäre noch mit den drei Herren auf ein Bier gegangen. Obwohl die hier aussahen, als hätte nie etwas Stärkeres als Mate-Tee ihr Zäpfchen überschritten. Eine Stunde, immerhin. Von links wurde ein weiterer Zettel an ihn weitergereicht. Er steckte ihn ungelesen in seinen Aktenkoffer. Ab und zu hörte Arne so Stichworte wie Ponyreiten, Grillfest, irgendwelche Spiele. Aus seiner Ecke musterte er die anwesenden Damen. Und so niedrig seine Ansprüche auch waren – hier war nichts für ihn dabei. Alle Damen hatten irgendwie diesen Karnickelmutter-Blick, dieses mütterliche Besorgte und das machte sie für Arne völlig unattraktiv. Die Lehrerin hingegen…

„Herr Herzberg!"

Es schien Arne, als hätte die Lehrerin seinen Namen bereits zum zweiten Mal gesagt.

„Ja?"

„Was können Sie denn für uns tun?"

„Ich, äh..."

„Wir sind schon eine Gemeinschaft, in die man sich *einbringen* muss. Wir Lehrer können nicht alles abdecken."

Ein klarer Vorwurf. Das böse Wort. Eine Ausrede musste her, eine plausible Ausrede, die allen Anwesenden klar machte, dass er, Arne Herzberg, in der großen Finanzwelt bewegte. Da konnte er nicht an irgendeinem Wochentag blöde Bratwurst grillen oder quengelige Kinder auf bockigen Ponys über den Schulhof führen!!

„Es tut mir sehr leid, aber ich bin beruflich sehr eingespannt. Genaugenommen bin ich nur der Bote, der alle diese fröhlichen Infos seiner Frau überbringt."

Er zuckte mit den Schultern. Die Lehrerin sah ihn sekundenlang mitleidig an. Arne war das egal. Von da an wurde er einfach übergangen, während sich die Überfliegereltern die Arbeit aufteilten und wichtige Details erörterten.

„David ist laktoseintolerant, kann man da beim

Kuchen darauf achten?"

Danach wurden vegane Bratwürste besprochen, danach die Preise, die die lieben Kleinen nach einer Challenge erhalten sollten. Man beschloss nach langer Diskussion, dass alle dasselbe erhalten sollten, damit sich keiner ausgegrenzt fühlen würde. Die Frage war, was würden alle Kinder lieben? Und war zudem nicht aus China, nicht aus Kunststoff, pädagogisch wertvoll, aus dem Holz einer heimischen Baumart hergestellt, geschlechtsneutral, lehrreich und würde die kognitiven Fähigkeiten fördern...

Arne fiel dazu nichts ein. Den anderen allerdings auch nicht. Es entbrannte eine seltsam lahmarschige Diskussion über Weichmacher in Kunststoff – die doch gar nicht nötig gewesen wäre, weil Plastik doch bereits verworfen worden war – ungesunde Farben und Quinoa, dass Arne so jetzt nicht in der Thematik unterbringen konnte. Die Gemeinschaft landete schließlich um 21:45 Uhr bei naturfarbenen Holzklötzen aus Bio-Buche. Es schien Arne endlos zu sein. Ein paar Damen äußerten zwischendurch und völlig am Thema vorbei, dass ihr jeweiliger Sprössling hier und da spezielle Probleme aufzeigte, die sie sich nicht .... Die Lehrerin wies jedes Mal darauf hin, dass dies

Themen für die Einzelsprechstunde seien, - die vollkommene Steigerung des Elternabends - aber ein Teil der Damen schien unbelehrbar. Arne schüttelte innerlich den Kopf. Dieses Brutgehabe! Woher kam denn das? Und wieso fühlte er das nicht bei seinem Ableger? Dieses Kämpfen um die Individualität der Blagen - Kevin kann dies nicht, Charlene jenes, der Maximilian würde beim Sport immer weinen – Arne konnte sich das kaum erklären. Liebte er seinen Sohn nicht? Aber das alles hier war so aufgesetzt und öko und irgendwie anders als das, was er Zuwendung nennen würde. Was konnte einen Sechsjährigen denn schon Großes beschäftigen? Sie wollen Pizza und Spongebob und Zucker, jede Menge Zucker. Die großen Probleme kamen doch erst noch! Die Frage zur Liebe zu seinem Sohn wurde abgelöst durch die Beurteilung der Frau Lehrerin. Sie war ganz hübsch, alles an den richtigen Stellen und für, na, Mitte dreißig ganz knackig. Er warf einen Blick auf ihre Hände und konnte keinen Ring entdecken, der irgendwie nach Ehering aussah. Aber das war eigentlich völlig wurscht. Und Brillenträger, so sagte man, sollten angeblich der Hammer im Bett sein.

Der Elternabend zog sich. Es wurde nichts richtig

entschieden und die paar Seiten Papier, auf denen alle wichtigen Daten angegeben waren, hätte man auch per Post zusenden können. Oder per E-Mail. Eigentlich sollte noch eine Abstimmung für den Elternbeirat stattfinden, aber gegen 23:45 Uhr gaben einige Eltern an, dass der Babysitter nicht länger als bis Mitternacht zur Verfügung stünde. Alle Teilnehmer sahen erschöpft aus. Arne peilte, ob mit der Lehrern irgendwas laufe würde. Sie guckte so komisch. Anzüglich? Was war das eigentlich? Arne würde es eher *auszüglich* nennen. Wenigstens schwor Arne, dass sie sich ein paar Mal mit direktem Blickkontakt auf ihn, die Haare hinters Ohr strich - ein klares Zeichen, ein paarungswilliges Weibchen. Wie würde da ein Einzelgespräch aussehen? Arne wartete, bis die meisten Jacken von den Garderobenhaken verschwunden waren, dann quälte er sich aus dem viel zu kleinen Stuhl und sprach die Dame an. *Wie hieß die denn noch?*
Die Lehrerin war gerade dabei, einen Stoß Papier zusammen zu legen. Was sollte Arne sagen? Am besten irgendwas mit seinem Sohn.
„Frau, äh, Lehrerin, könnte ich Sie noch einmal unter vier Augen sprechen?"
Die Dame blickte auf.

„Wie ich schon mehrmals sagte, dafür können wir gerne einen Termin machen."

Sie – die ruhelose Pädagogin – zückte einen Kalender.

„Ach, ich glaube, dafür brauchen wir keinen Termin. Das geht ganz schnell."

Arne verkniff sich sehr knapp ein Zwinkern.

„Herr Herzberg, das war ein langer Tag und ich würde gerne nach Hause."

„Nicht noch Zeit auf einen kleinen Drink? Ich kenne da eine Bar in der Nähe."

Das war gewagt und Arne durchaus klar. Allerdings erst, nachdem er den Satz ausgesprochen hatte. Die Lehrerin richtete sich vom Schreibtisch auf.

„Ist das ein Angebot auf ein Date?"

Arne freute sich, sie hatte es verstanden und die von ihm gesendeten Signale richtig gedeutet.

„Wenn Sie so wollen..."

Na, also!

Aber es lief ganz anders.

„Herr Herzberg, Sie sind verheiratet."

Arne druckste schelmisch herum.

„Naja, Sie wissen ja, wie das so ist."

„Nein, das weiß ich nicht. Meine Frau und ich sind immer noch so verliebt, wie am ersten Tag."

Eine Lesbe! Wieso hatte Arne das nicht gemerkt? Aber warum trug diese hier kein kariertes Hemd und keine Kurzhaarfrisur aus dem Bootcamp?

„Oh, ich…"

„Und ich kenne Annika aus dem Yogakurs. Wir sind gute Freundinnen."

Arne konnte darauf nichts sagen. Das war selten. Er griff sich seinen so wichtigen Aktenkoffer und verließ den Klassenraum. Erst draußen an der frischen Luft wich die Schmach, von einer Lesbe abgewiesen worden zu sein der Erkenntnis, dass er gerade einer Freundin seiner Frau ein eindeutiges Angebot gemacht hatte. Yogakurs! Mit diesem Trainer, der angeblich durch seinen Penis atmen konnte! Sozialwissenschaftler gehen mittlerweile davon aus, dass das Erröten eines menschlichen Gesichtes den Sinn und Zweck erfüllt, herauszubekommen, wer jetzt unberechtigterweise mit Nuknuk in der Eisbärenhöhle rumgemacht hat oder wer für das Verschwinden der letzten Mammutwurst verantwortlich war. So farblich markiert und entlarvt konnte man den Schuldigen ermahnen, bestrafen oder gar aus dem Clan ausstoßen. Über die Generationen scheint dann das dafür benötigte Unrechtsbewusstsein mutiert zu sein.

Ähnlich wie die Entwicklung des Pflanzenfressergebisses zur Fleischfresser-knabberleiste. Gibt es da Zusammenhänge? Man munkelt.

Arne hatte weder von diesen Zusammenhängen, noch von Unrechtsbewusstsein jemals gehört. Das Schlimmste, was passieren konnte, war nicht die Tat selbst, sondern das Erwischtwerden dabei. Folgerichtig existierte kein Unrecht, solange es niemand bemerkte. So einfach war das. Arne hatte die Metapher mit dem fallenden Baum in der Pampa - den niemand hört, weil niemand da ist, oder so - nie so richtig verstanden, aber so ähnlich funktionierte das mit den Lügen. Genaugenommen war also gar nichts geschehen. Er hatte die Blondine nicht geknallt, er hatte keine Psychostunden geschwänzt, er aß gar kein Fastfood. So einfach war das.

Hier war das jedoch nicht mehr möglich. Selbst Arne war das klar. Er hatte eine Freundin seiner Frau angebaggert, war böse abgeblitzt und jetzt würde es Annika erfahren. Arne stellte sich vor, wie seine Gattin mit der lesbischen Frau Lehrerin bei Kaffee und Kuchen – nein, halt – bei einem isotonischen Getränk und ungesüßtem Dinkelgebäck zusammensaß, und die ganze Story brühwarm erzählt bekam.

Als er das gemeinsame Schlafzimmer betrat, schlief Annika bereits. Vorsichtig legte sich Arne zu ihr und starrte auf ihren Brustkorb, der sich langsam senkte und hob.

In dieser Nacht wünschte er sich, dass diese Bewegung aufhören möge.

Haare

Okay, Bobby war soweit. Er wollte Isis seine Liebe erklären. Er wusste nur noch nicht wie.

Sie hatten eine Verabredung für den Abend, weil Isis erklärt hatte, er müsse sich mal die Haare schneiden. So ginge es ja nicht, er würde nicht so aussehen, wie es seinem Inneren entspräche.

Bobby war der Meinung, genau so sah er aus – furchtbar. Trotzdem sah er es irgendwie ein. Da Bobby jedoch auf keinen Fall bei einem Herren-friseur landen wollte, bot Isis sich an.

„Ich habe den Beruf nicht gelernt, das gebe ich zu. Aber ich mach das öfter bei Freunden. Muss ja eigentlich auch nur ab, oder?"

Bobby sah mittlerweile aus wie Chewbakka, das musste er zugeben. Und jetzt saß er auf einem Küchenstuhl, rings um ihn herum hatte Isis

Zeitungen ausgelegt und Bobby einen alten Duschvorhang um den Hals geschlungen, der von bunten Wäscheklammern gehalten wurde.

„Und, hast du irgendeine Vorstellung? Wie willst du aussehen?"

Bobby überlegte kurz.

„Wie der junge Tom Cruise!"

Isis lachte und warf dabei den Kopf in den Nacken.

„Das hier ist kein Zauberstab, nur eine Schere! Ich hätte einen verunglückten Ringo Starr anzubieten."

Das wollte Bobby jetzt auch nicht, obwohl er keinerlei Bilder zu einem verunglückten Ringo Starr vor seinen Augen hatte.

„Irgendwas dazwischen."

Isis legte die Schere und ein paar Haarspangen auf den Küchentisch.

„Ohren frei?"

Das war nicht leicht zu entscheiden. Wie hatte er denn die Haare früher getragen? Oder im Knast?

„Ja, Ohren frei."

„Du lässt es ja richtig krachen heute!"

Isis klammerte die Spangen überall an seinem Kopf fest, steckte die Zungenspitze zwischen die Lippen und begann zu schneiden. Bobby konnte kein irgendwie erkennbares System erkennen, Isis aber wohl auch nicht. Sie schnitt drauflos, wie es ihr gefiel. Dabei plapperte sie wie ein Vögelchen und kommentierte jeden Arbeitsschritt.

„Ich habe schon ein paar Iros geschnitten, das ist einfach. Soll ich?"

Bobby lachte.

„So sehr wollte ich es dann auch nicht krachen lassen."

Mit einem Kamm holte sie einzelne Strähnen aus Bobbys Wuschelkopf und säbelte daran herum. Sie summte dabei eine unerkennbare Melodie.

„Du bist aber gut gelaunt!"

„Bin ich das nicht immer? Halt du mal still, sonst passiert noch was!"

Bobby tat wie ihm geheißen.

Draußen war tolles Wetter, vielleicht sollten sie später noch einmal in den Park gehen. Oder in den Supermarkt? Isis Laune färbte auf ihn ab, wie sie das schon die ganze Zeit tat. Was wollte man denn mehr, als einen Menschen in der unmittelbaren Nähe, der immer gut gelaunt ist? Jetzt schien Bobby der Zeitpunkt genau richtig, Isis seine Liebe zu gestehen. Er holte gerade Luft, als Isis ihm zuvorkam.

„Nee, es hat schon einen besonderen Grund."

Bobby erschien die Pause so lang, dass er glaubte,

er müsse fragen.

„Und was ist der Grund?"

Isis verdrehte die Augen.

„Ich bin verliebt."

Er verschluckte den Satz, den er auf dem Zäpfchen tagelang gespeichert hatte und zuckte zusammen, als hätte er mit nassen Fingern in eine Steckdose gegriffen. Isis rutschte mit der Schere ab und stach in sein Ohrläppchen. Ein paar rote Tropfen fielen auf den Duschvorhang um Bobbys Hals.

„O, Mann, das tut mir soooo leid! Ich habe dir gesagt: Halt still!"

Isis rannte zum Bad und kam mit einer Rolle Klopapier zurück.

„Das tut mir soo leid! Ich weiß gar nicht, das ist mir noch nie passiert!"

Sie riss kleine Stücke von der Rolle ab und betupfte Bobbys Ohr. Diese kleine unglückliche Pause gab Bobby die Möglichkeit, sich ein wenig zu fassen.

„Und wer ist der Glückliche?"

Seine Stimme wackelte, aber Isis schien davon nicht wahrzunehmen. Und er war leider zu einhundert Prozent sicher, dass Isis nicht ihn meinte.

„Nein, lass mich raten! Es ist der Klient mit der

verkorksten Sexualität!"

Isis protestierte.

„Na, so ja auch nicht! Er ist halt…, halt…-gefühlvoll. Und hochsensibel. Er braucht meine Hilfe."

„Du kannst doch nicht mit jedem Menschen, der Hilfe braucht, eine Beziehung eingehen?!"

Bobby merkte nicht, dass er exakt zu dieser Gruppe gehört.

„Nein! Natürlich nicht! Wie kommst du darauf?"

Sie ging in die Hocke, um Bobby ins Gesicht zu sehen.

„Das ist etwas anderes. Ich bin schwanger."

Bobby stockte, er war zu keiner Antwort fähig. Isis bemerkte nichts von der ohnehin gekippten Stimmung, sie erging sich in Mutterfantasien.

„Ein Kind! So soll es sein! Sonst wäre es ja anders, oder?"

Fische und Bernstein

Arne hoffte insgeheim, dass die Lehrerin – zwischenzeitlich hatte er herausbekommen, dass sie Eva Kortens hieß – sich *nicht* mit seiner Frau unterhalten würde. Aber diese Ungewissheit machte ihn wahnsinnig. Nachdem die eventuellen Konsequenzen seines Tuns in sein Hirn eingetröpfelt waren, schob er etwas Panik. Er befand sich ständig in der Schwebe zwischen „alles okay" und „seine Frau verlässt ihn mit Sohn". Was ja eigentlich für ihn die volle, sexuelle Freiheit bedeuten würde. Trotzdem wäre eine Trennung für ihn die größte Katastrophe, die er sich denken konnte. Von den unhaltbaren Alimenten ganz abgesehen, hätte er auch maßlos versagt. Er. Versagt! Die bereits wochenlang andauernde Affäre mit der Blondine hatte er gewuppt, ein blöder Anmachspruch streckte ihn nieder – das konnte nicht sein. Wann war der Yoga-Kurs? Bis dahin hatte er Zeit, stumm zu hoffen oder sich für den Super-GAU eine Geschichte auszudenken. Er könnte behaupten, die Lehrerin, ja, Frau Kortens, dass *die* ihn anmachen wollte, und Arne sie hatte abblitzen lassen. Eiskalt. Der Geläuterte, der sich eisern an seine Therapie hält. Dagegen sprach, dass Frau

Kortens lesbisch war, die Geschichte also schon unglaubwürdig, aber trotzdem. Was sprach dagegen, dass eine Lesbe auch mal einen Mann haben wollte? Einen richtigen Mann wie Arne? Eine andere Geschichte fiel ihm nicht ein. Es war in seinen Augen schon klug genug, nicht in die Täterrolle zu rutschen, sondern den Schwarzen Peter der Kortens zuzuschieben. Trotz all dieser *beruhigenden* Parameter war Arne nervös. Im schlimmsten Fall war Annika schon telefonisch informiert worden, also beobachtete er seine Frau mit Argusaugen und war zunehmend präventiv fürsorglich und liebevoll. Er brachte sogar Blumen mit. Das war für Annika mehr als verdächtig. Arne kam ihr zuvor.

„Nein, ich habe nichts verbrochen. Ich will nur an unserer Ehe arbeiten. Für den Abend kommt der Babysitter und ich habe Karten für das Aquarium." Annika war misstrauisch, aber berührt.

„Fürs Aquarium? Wieso denn ins Aquarium?" Nichts, nichts konnte er ihr recht machen! Arne kämpfte den leichten Groll herunter.

„Ja, das ist toll! Im Dunkeln sieht man die Farben doch viel besser!"

Annika willigte etwas hölzern ein.

„Uuund…" Arne tat wie ein Zauberer. „… ich habe

einen Tisch reserviert in einem tollen, neuen Restaurant!"

„Du weißt doch, ich esse nicht alles!"

Schon wieder! Jetzt ging er mal auf sie zu, und dann das! Aber er war vorbereitet.

„Ich sagte doch: neues Restaurant! Vegane Küche!"

„Können wir uns das leisten?"

Weiber! Erst kämpfen sie für irgendeinen Scheiß, und wenn sie den bekommen, wird rumgenölt! Was sollte der Quatsch?

„Mach dir keinen Kopf, uns geht's finanziell ganz gut!"

Annika schien einzuwilligen, aber den ganzen Weg von der Wohnung bis zum Auto und im Auto selbst, starrte sie ihn mit einem fragenden Blick von der Seite her an. Zur Feier des Tages hatte Arne sogar auf seine geliebte Windjacke verzichtet - in seinen Augen ein ungeheures Zugeständnis - und trug ein Sakko, dass ihm gerade noch so passte.

Die Atmosphäre in den Gewölben des städtischen Zoos war angenehm. Es waren wenige Menschen hier unten bei den Fischen, und die Aquarien waren wundervoll beleuchtet. Es roch ein wenig wie bei Oma im Keller, mit der Kopfnote

„Tiermehl", aber die Farben spiegelten sich auf dem immer feuchten Betonboden wie ein nicht enden wollender Regenbogen. Wie früher, beinahe wie früher schlenderten sie Hand in Hand durch die schummrigen Gänge. Bei den Buntbarschen beobachteten sie ein Pärchen, das die ganze Zeit synchron zueinander das Becken durchkreuzte. Arne schlang von hinten seine Arme um die Taille seiner Frau und küsste sie auf die Wange.

„Die sind bestimmt verheiratet."

Annika lachte.

„Meinst du?"

„Ja, er schwimmt ihr immer hinterher, aber er wird sie nicht einholen. Nie."

Annika lachte noch einmal.

„Du hast eine komische Sicht auf die Ehe!"

Arne beschloss, nach diesem Lachen erst einmal die Klappe zu halten. Er hatte sie zum Lachen gebracht, das war ihm schon lange nicht mehr gelungen. Sie hielten einander eine Zeit lang so, dann lösten sie sich voneinander und schlenderten weiter. Arne druckste herum. Nein, er tat, als druckste er herum.

„Ist doch fast wie früher, oder?"

„Hm, hm."

„Als wir uns gerade kennenlernten."

Als wir noch Sex hatten, dachte Arne.

Annika schien die Stimmung nicht zerstören zu wollen. Sie lenkte ab und wies auf eine dicke, bunte Schildkröte, die faul auf einem Stein herumlungerte.

„Schau mal, wie bunt! Die Natur bringt schon tolle Geschöpfe hervor."

Ach, das wieder! Natur! Völlig überschätzt! Annika wollte jetzt nicht geküsst werden, sie trat einen Schritt vor, als sich Arnes Mund drohend näherte. Okay, erst einmal musste er sich wohl zurückhalten. Er wusste ja, wie der Hase lief. Die Bernsteinkette! Vor Jahren hatte Arne seiner Frau eine Designer-Bernsteinkette geschenkt und ausnahmsweise einmal Geschmack bewiesen. Ein tolles Stück! Und total außer der Reihe, ohne Anlass, ohne etwas Bescheuertes wieder gut machen zu müssen, nein, von ganz alleine! Annika war völlig aus dem Häuschen gewesen, sie hatte sich sooo gefreut! Und abends gab es dann ganz außergewöhnlichen Sex. Und genauso würde es heute laufen. Wie immer eben.

Arne pirschte sich wieder heran. Annika war vor dem Becken mit den Stören stehengeblieben, und sah ihnen fasziniert dabei zu, wie sie ihre mächtigen Körper wie aus einer längst vergangenen Welt an der Scheibe vorbeischoben. Als hätte Annika einen Seismographen im Hintern, entglitt sie Arnes langen Armen. Er verlor so langsam die Geduld. Er stellte sich direkt vor sie hin.

„Was ist eigentlich los mit dir? Kannst du das alles hier nicht genießen?"

„Doch, doch! Es ist toll hier!"

„Und warum weichst du mir aus?"

„Ich fühle deine Nähe nicht."

Arne war verwirrt.

„Meine Nähe? Immer, wenn ich dir auf die Pelle rücke, weichst du mir aus! Dann kannst du meine Nähe ja gar nicht fühlen!"

„Nicht *diese* Nähe. Die andere."

Arne wurde laut.

„Was denn für eine *andere* Nähe? Wie nah soll ich denn *dran* sein? Im Taxi damals, von Frankfurt nach Berlin, hatte ich die ganze Fahrt über meinen Daumen in deinem Hintern und du sprichst von *mehr Nähe*?"

Arne hatte sich vor seiner Frau aufgebaut und die Hände in die Hüften gestemmt. Ein paar Besucher schauten zu ihnen hinüber.

„Du verstehst auch nichts, gar nichts. Fahr mich nach Hause!"

Damit war auch das Essen gelaufen. Annika sprach kein Wort mehr mit ihm, außer „Du bist so peinlich!"

Die Bullen

Unvorsichtigerweise und in Erwartung von Isis riss Bobby die Tür auf und wurde enttäuscht. Draußen standen mit ernster Miene zwei Herren mittleren Alters. Der eine in Anzug und Krawatte, der andere in Jeans und Lederjacke.

„Guten Tag, Hauptkommissar Nischwitz und das ist mein Kollege Schmidtschaller, Kripo. Wir hätten ein paar Fragen an Sie."

Bobby war verdutzt und handlungsunfähig. Ohne nachzufragen drängten die Männer in die Wohnung und die Krawatte kommentierte das lediglich mit „Muss ja nicht draußen sein."

Lederjacke und Krawatte wollten sich nicht setzen und während sich die Krawatte voll und ganz auf Bobby konzentrierte, warf Lederjacke einen neugierigen Blick auf Bobbys Habseligkeiten. Er zog dabei immer engere Kreise wie eine Katze nach dem Umzug.

„Herr Sörensen, ist Ihnen letzte Nacht irgendetwas aufgefallen? Geräusche, oder haben Sie jemanden im Treppenhaus gesehen, der hier nicht wohnt?"

„Ich verlasse selten meine Wohnung. Ich bin krank. Um was geht's denn?"

Krawatte schüttelte den Kopf.

„Das sind laufende Ermittlungen, da dürfen wir Ihnen nichts sagen. Wie gut kannten Sie Ihre Nachbarin?"

In Bobby stieg etwas hoch, was Angst sein konnte. Isis, irgendetwas ist mit Isis. Und irgendetwas anderes sagte Bobby, dass er vorsichtig sein sollte. Warum, konnte er so nicht sagen.

„Welche Nachbarin?"

„Äh, die Dame von nebenan, Frau Isis Fechner."

„Nebenan? Die kenne ich gar nicht, die wohnt auch erst ein paar Wochen hier. Halt, sie hat einmal geklingelt wegen einer Einweihungsparty, aber ich war nicht da."

Bobbys Herz schlug bis zum Hals und er wandte sich ab, weil er ganz sicher war, dass seine pochende Halsschlagader den Herren von der Kripo sofort aufgefallen wäre.

„Entschuldigen Sie, ich muss meine Tabletten nehmen. Ich bin nicht gesund."

Die Herren wechselten undeutbare Blicke, während Bobby seine Tabletten aus der Schublade kramte und zwei davon auf den Küchentisch knipste. *Oder besser drei?* Die Lederjacke war vor dem großen Eichenschrank stehen geblieben und begutachtete ihn mit verschränkten Armen.

„Schönes Stück, sicherlich frühes Achtzehntes. Darf ich mal hineinschauen?"

Was für eine komische Frage für einen Kripobeamten! Bobbys Blutdruck stieg und er nickte. Lederjacke öffnete die Schranktür und betrachtete das massive Kastenschloss wie ein Händler bei Horst Lichter.

„Wissen Sie, was das hier ist? Das ist ein Hamburger Schapp, frühes Barock. Der ist mindesten 40000 Euro wert."

Weg vom Schrank, dachte Bobby nur, *weg vom Schrank.*

„Der gehört mir nicht. Er stand schon hier, als ich eingezogen bin."

Lederjacke schüttelte den Kopf.

„Wer lässt denn so was stehen?"

Er schloss die Schranktür wieder und Bobby fiel ein Felsen vom Herzen.

„Man müsste sich mal die Rückwand ansehen, daran erkennt man Fälschungen." Aber auf den strengen Blick seines Kollegen fügte er hinzu:

„Wir wollen Ihnen hier ja nicht die Bude umräumen."

171

Er lachte.

Bobby musste noch einmal nachhaltig bestätigen, dass er weder etwas gehört noch etwas gesehen hatte und die Herren verabschiedeten sich, Lederjacke immer noch kopfschüttelnd ob solch antiker Verschwendung. In Bobby brannte es.

„Um was geht es denn eigentlich? Ist mit der Nachbarin irgendetwas geschehen?"

Krawatte stockte.

„Okay, Sie werden es ja sowieso erfahren. Ihre Nachbarin ist ermordet worden. Und sie war schwanger."

Am Boden

Wenn einem der Boden unter den Füßen weggezogen wird, man das Ende der Treppe nicht erwischt oder vom Blitz getroffen wird... Nichts, nichts ist vergleichbar damit, einen Menschen zu verlieren durch den Tod.

Der Tod bedeutet das Ende dieser Matrix, dieser Erde, dieser Dekade – wie man es auch immer nennen will. Der geliebte Mensch ist weg, woanders, verschwunden, tot.

Zynisch gestand sich Bobby ein, dass er in dem Bereich ja schon über einiges an Übung verfügte.

Isis.

Gewonnen und verloren.

Und tot ist so unanständig unwiederbringlich. Alles, was man noch hätte tun oder sagen oder lassen sollen - all das ist nicht mehr wichtig. Und es verbleiben oft Dinge, die ohne den rechtmäßigen Besitzer vollkommen ihre Bedeutung verlieren. Kinokarten, die größte Bierdeckelsammlung der Welt, vollkommen egal was, alle diese Dinge werden nutzlos und sind umgeben vom Tod. Bobby ging es so mit der Schere. Obwohl es ja seine eigene war, hatte er bis zu Isis Frage danach gar nicht gewusst, dass er eine hatte. Und da lag sie nun auf dem Küchentisch, darauf wartend, dass Isis mit ihr ein Stückchen bunter Wolle durchtrennte. Was nicht mehr geschehen würde. Es folgten die Phasen der Trauer, allerdings verkürzt auf wenige Stunden: Mitleid in erster Linie mit sich selbst, Wut auf das Leben, das so schnöde und gefühlskalt handelte - *was hätte daraus werden können? -*, und schließlich wieder Selbstmitleid.

Nächster Gedanke: Weg hier. Sterben. Sich selbst das Leben nehmen, damit das ein Ende hat. Bobby dachte an seinen halbherzigen Versuch im Knast. Wie hatte Frau Doktor das genannt? Anfänger-

173

fehler? So zynisch? Aber die Frage stellte sich: Wie? Konnte man von den Pillen, die er von Frau Doktor hatte, sterben? Also, vorausgesetzt die Dosierung stimmte? Der Beipackzettel belehrte ihn eines Besseren. Wenn er nicht mit einem Düsenjet zu tun hatte, Panzer oder Bus fahren würde, gab es nur noch eine akute Warnung vor Selbstmordgefährdung. Und da war er ja bereits. Nächster Gedanke war der: Warum er den Beamten von der Kripo nicht gesagt hatte, dass er Isis kannte, mit ihr sogar befreundet gewesen war? Die Antwort gab er sich selbst. Er war schon einmal dafür verurteilt worden, dass eine junge, schwangere Frau gewaltsam ums Leben kam. Sein nächster Weg wäre der Knast gewesen. Über kurz oder lang würden die Beamten das Loch in der Wand finden und daraus ihre Schlüsse ziehen. Er wunderte sich schon, dass das nicht bereits geschehen war. Andererseits konnte es auch sein, dass man niemals dieses Loch entdeckte. Bobby schwankte zwischen den Gefühlen hin und her und alles vermengte sich zu einem unüberschaubaren grauen Brei.

Weg

Arne betrat ganz wie immer die Wohnung. Er warf seinen Schlüssel in die Schale im Flur und fischte wie gewohnt einen Altkleider-Werbeprospekt heraus, den er tief in seine Hosentasche steckte. Es war so komisch ruhig hier? Arne schnappte sich ein Bier und fläzte sich aufs Sofa. In der Glotze lief der übliche Quatsch, die Vorabendserien, Werbung und Nachrichten. Nichts interessierte ihn. Und so langsam wurde es komisch. Er wusste nie, wann wer aus der kleinen Familie welche Termine hatte. Arne suchte in der Wohnung. Das Kinderzimmer war leer, na klar. Das Schlafzimmer sah irgendwie anders aus, aber er wusste nicht, warum. Schließlich fand er auf dem Esstisch ein Handy und einen gefalteten Zettel. *Sein* Handy. Sein *Zweithandy*! Das er doch immer so gut vor seiner Frau verborgen hatte. Er musste es im Sakko gelassen und dann vergessen haben, es wieder herauszunehmen. Auf diesem Handy war alles drauf: die Verabredungen mit der Blondine, heiße Nachrichten, die Fotos von seinem allerbesten guten Freund, die er auf die Vögelplattform gestellt hatte. Einfach alles. Er traute sich kaum, den Zettel aufzufalten und zu lesen. Aber irgendwann musste es sein. Gott sei

175

Dank war es nur ein Satz, aber der war
katastrophal.
„Wir verlassen Dich!"
Nicht mehr und nicht weniger.

Unterbrechungen
Bobby suchte im PC die Protokolle der Sitzungen
mit dem Unbekannten. Erna war ein Name, der
erwähnt wurde. Ein anderer war Rena. Bobby
starrte lange darauf und stellte ein paar
Buchstaben um. Und wenn man Erna etwas
verdrehte, ergab sich…- Arne! Das gleiche
Verfahren ergab aus Rena den Namen Arne.
Einige Augenblicke wusste Bobby mit dieser
Information nichts anzufangen. Wieso hieß der
Klient von Isis so, dass immer Arne dabei
herauskam? Sein Schwager? War eine Inkarnation
von Arne irgendwie in das Leben von Isis Klienten
gerutscht? Absurd! Aber was war nicht absurd?
Oder war Arne der Klient? Es war verwirrend. Und
noch nicht alles! Warum sollte Arne seine
Nachbarin kennen? Obwohl, Isis war hübsch und
Arne hätte ihr im Treppenhaus leicht begegnet
sein können. Und als notorischer Frauenstalker
wäre es möglich gewesen. Wäre, hätte. Unsinn.

In Bobby brodelte ein vages Gefühl, dass sich zu einer Gewissheit zusammenballte und komprimierte, wie die Fellbüschel im Magen einer Katze. Jetzt war ihm alles klar, es passte alles zusammen. Und wie aufs Stichwort, klopfte es an Bobbys Wohnungstür.

„Ich brauch deine Hilfe!"

Mit diesem Satz stürmte Arne an Bobby vorbei und warf sich auf einen Sessel im Wohnzimmer. Er schwitzte und wartete nicht, bis Bobby einen Platz gefunden hatte.

„Ich hab Scheiße gebaut, So richtig, richtig, richtig Scheiße! Und jetzt hab ich ein Riesenproblem!"

Bobby blieb starr und setzte sich auch nicht. Dann stutzte Arne einen Moment lang.

„Wie siehst du eigentlich aus? Hast du dir selbst die Haare geschnitten?"

„Ich weiß, du hast ein riesiges Problem."

„Woher...? Hat Annika mit dir telefoniert?"

Einen Augenblick war Bobby aus der Bahn geworfen. *Was hatte Annika damit zu tun?*

„Nein. Aber ich weiß, was du getan hast."

Arne schaute etwas schief, redete jedoch weiter.

„Sie hat mich verlassen! Annika hat mich verlassen! Sie weiß jetzt, dass ich sie betrogen habe! Sie hat mein Scheißhandy gefunden!"

Arne legte das Gesicht in beide Hände und schluchzte hinein. So hatte Bobby ihn noch nicht gesehen. Arne, die große Fresse! Der, der immer einen Spruch parat hatte! Wo war er denn jetzt? Wo? Arne sprach so schnell, dass sich in seinen Mundwinkeln kleine Schaumkrönchen bildeten. Er sprang auf und rannte in die Küche.

„Hast du was zu trinken da? Ich hab einen ganz pelzigen Geschmack auf der Zunge."

Bobby folgte ihm schweigend in die Küche. Arne fand im Kühlschrank nichts und füllte sich ein Glas am Wasserhahn. Wie Isis das immer tat. Getan hatte.

„Jetzt sag doch mal was!"

„Du hast Isis getötet."

In Arnes Gesicht ging es rauf und runter. War er doch mit einem ganz anderen Problem beschäftigt.

„Ich hab *wen* getötet? Tickst du noch ganz richtig?"

„Du hast Isis geschwängert und sie umgebracht. Genau wie Katrin Behrends. Die hast du auch geschwängert und dann überfahren. Und mir die Schuld dafür gegeben!"

Arne wich einen Schritt zurück.

„Was redest du da? Ich habe meine Frau

betrogen, ja, ich hab die Klassenlehrerin meines Sohnes angemacht und bin abgeblitzt! *Das i*st mein Problem!"

Bobby sprach sehr langsam.

„Du hast zwei Menschen getötet."

„Ich habe *wen* getötet? Wer ist denn diese Isis? Und du bist damals gefahren, hast du das vergessen?"

„Isis ist meine Nachbarin und du hast dich bei ihr eingeschlichen als Patient. Du bist Rena! Du bist Erna! Und dann hast du mit ihr gevögelt."

„Mit Erna?"

Arne überlegte, ob er jemals eine Erna gevögelt hatte, aber ihm fiel nichts dazu ein.

„Deine *wer*? Deine Nachbarin? Die kenne ich doch gar nicht!"

„Ich hab alles auf dem Rechner, jede Dokumention der Sitzungen."

„Was denn für Sitzungen? Außerdem – dein Rechner ist tot wie Elvis! Im Eimer, kaputt! *Comprende*? Ich sagte doch, der Lüfter ist defekt und die Festplatte hat einen mitbekommen! Ich hab beides ausgebaut! Das Gehäuse ist so leer wie ein Tischtennisball!"

Arne zog den Rechner unter Bobbys Schreibtisch hervor und wies auf die losen Kabelenden.

179

„Du hast ja nicht mal Saft drauf!"

In Bobbys Kopf ratterte es. Seine Augen klapperten von links nach rechts und zurück. Das war sicher nur ein Scheißtrick von Arne! Wie immer!

„Neinnein! Mich legst du nicht wieder rein! Sie kommt immer durch den Schrank, seit Wochen und jetzt ist sie tot!"

Bei näherer Betrachtung ergab das keinen Sinn, aber Bobby war über das Betrachten lang schon hinaus.

„Welcher Schrank? Und *wie*, sie kommt dadurch?"

Arne war fest entschlossen, bei den Fakten zu bleiben. Bobby wies auf das riesige Monument aus Eiche.

„Und diese Isis wohnt im Schrank? Du solltest mal nicht so viele von den Pillen nehmen!"

„Natürlich wohnt sie nicht im Schrank! Sie kommt hindurch, durch das Loch in der Wand."

Arne zögerte einen Augenblick.

„Ach, Quatsch!"

Er krempelte die Ärmel hoch, suchte den günstigsten Schwerpunkt, packte eine Seite des Schrankes und stemmte sich dagegen. Der Schrank bebte, er wehrte sich, aber Arne gelang es doch, ihn unter Ächzen und Stöhnen einen guten

Meter nach vorn zu schieben. Holz schrammte auf Holz. Zum Vorschein kam eine glatte Wand. Arne schlug mit der flachen Hand dagegen.

„Wo ist denn jetzt das Loch? Beton, Raufaser und Schwanweiß, mehr ist da nicht! Hier kommt deine Isis auf keinen Fall durch!"

Bobby war irritiert, aber es war bereits zu spät. *Ein Trick, ein blöder Trick, nichts weiter!*

„Es funktioniert nur, wenn der Schrank dasteht!"

Schon bei oberflächlicher Betrachtung ergab das keinerlei Sinn. Aber Bobby war schon lang über jegliche Betrachtungen hinaus.

„Schieb ihn zurück! Sofort!"

Arne war es nicht geheuer. Er schob den Schrank unter großen Mühen wieder zurück an seinen angestammten Platz. Die Füße des Schrankes kreischten wie eine vergiftete Katze hinter einer Plakatwand. Bobby hielt sich die Ohren zu. Aber Arne war noch nicht fertig.

„Außerdem, mein Lieber, wohnt nebenan kein Mensch. Seit die alte Oma gestorben ist, hat der Hausmeister die Bude als Abstellraum deklariert. Es gibt auch kein neues Klingelschild unten."

Klingelschild! Natürlich wohnte Isis nebenan. Die Schere vom letzten Abend lag ja noch auf dem Tisch, die Schere, mit der Isis immer die losen

Enden ihres Strickzeuges abgeschnitten hatte. Bobby nahm sie in die Hand. *Das war doch ein Beweis?*

Arne war zwar entsetzt, mit seinem eigenen Problem jedoch immer noch sehr beschäftigt. Seine Ehe stand auf dem Spiel!

„Setz dich erst einmal hin."

Er berührte Bobby an der Schulter, um ihn zum Sofa zu schieben, aber Bobby zog den Arm weg und umkrampfte die Schere so fest, dass seine Knöchel weiß wurden.

„Ich hab es so satt! Und ich kann nicht sagen, dass es mir leid tut. Die Kette muss einfach unterbrochen werden."

Er holte mit der Schere weit aus und stieß sie Arne tief in den Unterleib. Und ein zweites Mal, etwas verzögert, in die Brust.

Arne verschluckte in seinem Entsetzen seinen Schrei und starrte auf seine Hose, die sich langsam rot färbte. Er stürzte auf den Boden und riss dabei einen Küchenstuhl um. Zum ersten Mal fehlten Arne die Worte, er wimmerte nur, die Schockstarre hatte ihn fest im Griff. Er hielt sich mit beiden Händen im Schritt fest und konnte den Blick nicht abwenden. Blutige Blasen bildeten sich auf seinen blassen Lippen und zerplatzten wieder.

Wie ein roter Regenbogen, dachte Bobby.
Weitgehend unbeteiligt stand er neben dem
Drama und starrte darauf herab. Die Schere fiel
ihm aus der Hand.
Arne sackte nach einer Minute in sich zusammen,
der Teppich unter ihm trank sein Blut in vollen
Zügen. Er schwieg.
Bobby hatte getan, was getan werden musste.
Es wäre sonst ja immer so weiter gegangen,
immer weiter, immer weiter. Und das konnte man
unmöglich zulassen!
Lächelnd öffnete er die Schranktür und wanderte
hinein in das Land des ewigen Friedens.

Warnung

Möglicherweise gefällt dem geneigten Leser das Ende der Geschichte nicht so sehr. Mag sein. Für diesen Fall gibt es ein weiteres Kapitel. Ich möchte den Leser nur eindringlich warnen: Vielleicht ist das Folgende auch nicht der Weisheit letzter Schluss. Entscheide selbst.

Aber sag nicht, ich hätte Dich nicht gewarnt…

Jetzt

*Es wurde schlagartig dunkel und dann wieder hell.
Sehr hell. Bobby fühlte sich umspült von etwas
Unbestimmtem, aber er konnte nicht sagen, von was.
Konnte er ein Auge öffnen? Er versuchte es. Die
Geräusche wurden lauter, als hätte dies etwas mit
seinen Augen zu tun, und das Piepen und Jaulen war
unangenehm in seinen Ohren. Mit einem Auge gab es
nicht viel zu sehen, lediglich einen rot-weissen
Plastikhimmel.
Er blickte in ein maskiertes, schemenhaftes Gesicht.
Dieses Gesicht sprach laut mit ihm, es schrie ihn
beinahe an.*

„Hallo! Können Sie mich hören?"

Bobby war nicht imstande zu antworten.

„Bleiben Sie bei uns! Sie hatten einen Unfall!"

Worte*, was waren* Worte*? Was bedeuteten sie?*

Unfall? Dann rang sich Bobby etwas ab.

„Mein Schwager."

*Ein kurzes Zucken lief über das Gesicht der
Rettungssanitäterin.*

„Dem geht es gut!"

*Aber Bobby verfolgte ihren Blick zu ihrem Kollegen.
Aus dem Augenwinkel sah er, wie dieser langsam den
Kopf schüttelte.*

In Memory of E. A. P.

Vita Ralf T. Franzen

Ralf T. Franzen – Zweifachvater und waschechter Angeliter von der Kimbrischen Halbinsel – verschlug es 2009 der Liebe wegen auf die vor Gegensätzen strotzende Nordseeinsel Sylt, wo er reichlich Gelegenheit hat, Charakterstudien für seine liebenswert schrulligen Protagonisten zu betreiben. Ob Bruno, TV-süchtiger Katzenbändiger und gescheiterter Trödelladenbesitzer, Kalle, der aalglatte Betrüger mit Egoproblem oder Manni, der in seinem Cerealienwahn immer alles durcheinander bringt – alle Charaktere sind pointiert und so plastisch dargestellt, dass Brunos Multitaskingkompetenz ebenso schmerzt wie Kalles Überheblichkeit. In mal ironischen, mal bitterbösen Worten beschreibt der Autor die Klippen und Steilhänge des Lebens, in denen sich seine Helden mit absoluter Regelmäßigkeit verklettern.

Bisher erschienen

„Oller Hansen"

Der erfolgreiche Autor Jonas Fischer wird wegen
einer Schreibkrise von seinem Manager auf´s Land
verbannt. Als eingefleischter Stadtmensch hat er so
seine Probleme mit dem Landleben und das in seinen
Augen seltsame Volk vom platten Land begegnet ihm
abweisend und wortkarg. In der alten Kate stößt er
auf den Nachlass des Vorbesitzers und stellt naiv
unangenehme Fragen. Jonas ist völlig überfordert
und engagiert Paul, einen Kleinkriminellen aus der
Stadt; zusammen mit Paul ist Jonas fest entschlossen,
die Wahrheit ans Licht zu bringen. Er hat jedoch den
lange gärenden Hass völlig unterschätzt.

Taschenbuch : 204 Seiten

ISBN-10 : 3710337070

ISBN-13 : 978-3710337079

„Inside Bruno Kosmalla"

Bruno Kosmalla ist eine gescheiterte Existenz. Er betreibt einen Trödelladen und versucht das Sozialamt zu betrügen. Durch einen Zufall gelangt er wieder in das langweilige Kaff seiner Jugend, wo er gelebt und gelitten hat. Besonders unter seiner Jugendliebe und dem Direktor seiner Schule. Doktor Fabelholtz führte die Schule einst so gnadenlos wie ein südamerikanischer Diktator. Und Bruno meint, dass da noch ein paar Fragen offen wären, die beantwortet werden sollten. Mit der ausgeflippten Silke zieht er einen irren Plan durch...

Taschenbuch : 236 Seiten

ISBN-10 : 3751968423

ISBN-13 : 978-3751968423

„Der Andere"

Frederick Sorgenfrei, wenig erfolgreicher Bürstenvertreter, glaubt fest daran, dass er den Bestseller schreiben kann. Das ist ja eigentlich ganz einfach. Er hat den Helden Eric Shadow erfunden, der die Welt retten soll. Aber es fehlen Intuition und Authentizität. Freddi kommt auf die krude Idee, kriminell werden zu müssen, um den Roman zu Ende schreiben zu können und so langsam verschwimmen die Konturen. Wer ist wer? Und dann gerät er in eine sehr gefährliche, echte Geschichte hinein.

Taschenbuch: 238 Seiten

ISBN : 9783753415192 Ebook

ISBN : 9783753461427 Printversion